JN091669

人生「散りぎわ」がおもしろい

下重暁子

毎日新聞出版

はじめに

夏椿をご存じだろうか。五月から六月に開く私の好きな花である。

ツバキ科の落葉高木、山中に自生し、椿に似た白い五弁の花をつける。

別名をシャラノキ、シャラ（娑羅）と呼ばれているのは、娑羅双樹に似ていたからである。

「祇園精舎の鐘の声　諸行無常の響きあり　娑羅双樹の花の色　盛者必衰の理をあらはす」

有名な平家物語の一節が口をついて出てくるのは、思いもかけなかった新型コロナウイルスが世界を席巻し、自分が感染しているかどうかわからぬままに、都会を彷徨している人類のことを考えるからである。

なんと儚《はかな》い……その運命は、夏椿に象徴される。朝やっと花開いたのに、夕には地上に落ちる、一日の命である。

木の根元には、折り重なって散った花々が姿を曝《さら》している。地面に散ったその花は生きているよう。朝開いたままの姿である。決して花弁だけが散るのではなく、生まれたまま散るのである。無数に散った地上の花が美しい。完成された最も美しい姿で散っている。

私もそうありたい。散る時が一番美しい。柩《ひつぎ》に収まった時が一番その人らしくあるのではないか。昨年亡くなった私の歌の先生は、柩に収まった時に気品が滲み出していた。

そんな人生を送りたい。

「年を重ねることは個性的になること」だと私は思う。一年一年積み重ねていって、最後に柩を覆う時が一番その人らしくありたい。今生きているということは、その日のための一歩である。

たった一日の命、私たちの一生と同じなのだ。若くして死のうが、長生きをしようが、それぞれ一輪の夏椿でありたい。

地上に散ってなお生きている時と同じ姿だということは、生と死は表と裏でしかなく、生きてきたようにしか死ねないことをあらわしている。

その束の間の人生、だからこそ美しく、散ってなお美しく、散りぎわは難しい。

散りぎわに向かって人が考えることを、私なりに整理してみた。「サンデー毎日」に連載したものが、一冊にまとまった。五十嵐麻子さん、山田厚俊さんに心からお礼申し上げる。

梅雨の晴れ間に
下重暁子

目次

第三章

家族という「役割」に疲弊しない

第四章

人生「散りぎわ」がおもしろい

カバーイラスト
粟津泰成
装幀・本文デザイン
間野　成

第一章

「コロナてんでんこ」で生き延びる

自分にできることをする

横浜港に一隻のクルーズ船が停泊した。物語はここから始まる。物語ではない。現実なのだ。三〇〇〇人以上の船客と乗組員に、その頃新型コロナウイルスがまん延し始めていた。一方で中国の武漢から、チャーター機で急きょ帰国する人たちがいた。

私は、その最中《さなか》、三溪園近くに出かけた帰りに中華街で同行者と食事をした。夜六時を過ぎて、まるでゴーストタウン。

いつもなら袖すり合わねば歩けぬほどの混雑なのに、誰一人ともすれ違わず、行列の切れない饅頭《まんじゅう》屋に人影がなく、北京ダックが所在なく風に揺れていた。

私たちは灯《あか》りのある有名店に入った。まだ春節のなごりを残し飾り物や青森のねぶたに似た人形が威張っている。ここでも奥の間に着くまで通り過ぎた部屋には誰も居《お》らず、奥の間入り口に中年の男女が一組いただけだった。

仰々しく華やかな春節用メニューをひろげたベトナム人のウェイターが気の毒で春節特別メニューを頼むことにした。

「デザートはお店のサービスです。ずっとお客がいないので食べてもらえると嬉《うれ》しいです」

片ことの日本語が必死だった。

あえて新型コロナウイルス発生直後のことに思いを致したのにはわけがある。現在私たちはその頃のことを忘れてというより、忘れたくてコロナ後のことしか語らなくなっているからにほかならない。

確かに発生時はすでに過去になり未来はコロナ後にしかないからだ。

私が今、この原稿を書いている仕事場のマンションにも、一時コロナ陽性患者が出て、私の所にも電話で「高齢者はお越しにならないほうが」という忠告をもらった。しばらくぶりに来たら、フロントで「もう大丈夫です」。「そうかなあ」と疑い深い私は考える。私が無症状で陽性かもしれないではないか。

日々東京都から発表される数字、ある時から急に減ったと思ったらアラートになり、少し増えて、また元に戻った。

どうも信用できない。できないながらその日の数字とグラフを見て一喜一憂するのにも疲れ、「ま、自分にできることをするしかないか」という当然の結果に落ち着く。

「新しい生活様式」にだまされない

なぜ人は、コロナ後のことを語りたがるのか。コロナ後があるからには、コロナ前があるのだ。コロナ前を知らねばコロナ後のことを語ることはできない。

コロナ前の生活はどうだったのか。満足できるものだったのか、普通に良かったのか。人と自由に話もできず、行きたい所にも行けず食べたいものも食べられない不自由な生活を終わりにして元どおりになりたい気持ちはわかる。私にだってそれはある。しかし「元どおりの生活」こそキーワードだ。

「なぜ人々は元どおりになることばかりに躍起になるのか、興ざめしている」

医療関係の友人が言った。彼はこれを機に新しいパラダイム・シフト（時代や社会において常識的な考え方の枠組みが革命的、劇的に大きく転換すること）ができればいいと願っていたそうだ。

しかしそれは期待薄だ。

「新しい生活様式」という全くイメージのない具体性のない言葉が独り歩きしている。

私は仕事柄、テレビでコメントすることもあるが、しばらく前からリモートになり、一人一人が切り離されて、スタジオ以外の小部屋からモニターを見、イヤホンで他の人の声を聞きながら一人で話す。

また、会議の席では、私自身は自宅で発言するオンラインを体験しているがこれが新しい生活なのか。マスクをしてソーシャルディスタンスを取り三密を避け、手や顔をよく洗う、それが新しい生活だというなら、なんという味気ないものだろう。

あくまでも対症療法でしかない。確かに新型コロナが流行し、パンデミックを起こし、それを抑えて感染者、死者を減らす段階では有効だし、他に手だては見当たらないかもしれない。しかしそこを経てコロナが常在する時期にあっては「ウィズコロナ」、コロナと共生することが求められる。

「新しい生活様式」がなぜ必要なのかという根本の思想や考え方が、なぜか政治家の言葉からは聞こえない。

多分そこまで考えていないのか、考えたとすると、何かを犠牲にしなければならないから口に出すことができないからなのだろう。その証拠にその辺を深く掘り下げて、なぜ新型コロナウイルスがここまで広まったか、コロナ前の時代を検証して考えている専門家が重用されていないように見える。

人間だけ良ければ……その報い

ほんとうのことを言うと具合が悪いのだろうか。困る人々がいるのか。
私なりにコロナ前について少しばかり検証してみたい。
コロナ前の世界はどうだったか。地球環境の変化は極限近くまで行っていた。
アマゾンの森林の伐採が許容の範囲を超え、更に二〇一九年の火災が拍車をかけ、野生動物たちの棲家《すみか》は破壊され、オーストラリアなどでは、ユーカリをはじめとする独特の樹《き》に燃えひろがったことで、この国固有のコアラやカンガルーなどが火傷《やけど》を負い、死亡した数は知れないという。

気温の上昇で北極の氷が融《と》け出し、ホッキョクグマなどの生息地が減り、南洋の島々は水没の危機に見舞われていることなど話題にものぼらない。日本の夏の高温は亜熱帯並み、巨大台風、豪雨はもはや当たり前。それでも人間は自分たちの欲望を満たすために経済効率のみを追い求め、少しでも便利で快適な生活を求めようと今もまだ、その路線を諦めようとしない。揚げ句、宇宙にまで民間人が乗り出す時代になっている。

これでいいのだろうか。人間だけが強く、自分たちだけのための快楽を追い求めるために他の地球上の生物を犠牲にしている。一部の人々の警告はあっても大勢《たいせい》はいまだ変更されず、もはやその道から降りられなくなっている。

グレタさんというスウェーデンの少女の訴え、良心的な学者の心からの忠告。人間だけの欲望に身をまかせているのは滅《ほろ》びの道でしかない。世界中で起きている環境破壊の根っこは同じだ。さまざまな現象として別の場所で起きていても全てはつながっている。

コロナによるパンデミックもその一例でしかないと思える。

森林をはじめとする生きる環境を失った動植物たちは生きる場所を求める。野生動物の都市への出没もその一つ。インドでは深夜、食物をあさりに豹《ひょう》が出没するとか。

日本でも鹿や猿や熊や猪《いのしし》が町中を歩いていても不思議はなくなってきた。新型コロナウイルスに関していえば、今までは、コウモリに寄生するウイルスだったことはよく知られていた。そのコウモリが食用になり寄生場所を失ってたまたま人間の体に居場所を見つけた。人から人に移るので濃厚接触するなというが、彼らも必死なのだ。生き延びるためには、人の体がなければ自らが滅んでしまう。

ウィズコロナとは彼らとの共生、言葉を変えれば自然との共生、人間の欲望をほどほどにしてともに生き延びる道を探るしかない。

今までは、あまりに勝手すぎた。得になるものは全て取り入れ、人間だけが良ければ良かった。今その報いがきている。もっと以前からいくつも兆候はあったが気付かぬふりをしてきた。

しかし今回のコロナのパンデミックは人類にそのことを知らせる機会になるかもしれない。ここで気付かねば、どんなことが次に起きるか。

それは徐々にくるのではなく、重層化して、今回のコロナはその始まりになるかもしれない。

そういう考え方の上に立っての新しい生活様式ならば確かに必要だといえる。

しかし単に生活オプションを増やすためだけのものだとしたら、今までの経済効率を価値の中心と考えることとどこが違うのだろう。

人が人と会わずとも会話が成り立つと錯覚し、その上で物が作られ売られ、みな無言のままできるだけ距離を取って生活する、なんとも寂しい生活。そこでは人はなんら物と変わらなくなる。

人が人でなくなることを自ら選ばざるを得ないコロナの時代、自分の心の奥深くへ下りて大切なことは何なのかを一人一人が見つけねばならない。

それぞれが違っていい、個に戻って自分の生き方を反省してみる二度とない好機だと思える。

この機会を今までと同じく、過ぎ去れば忘れてしまうとしたら、その先には大きなしっぺ返しが待っているだろう。取り返しのつかない……。

私たちは急ぎすぎた

一つ例をあげよう。

イタリアで感染が爆発し、北部ミラノはその中心地であったが、ミラノはファッションの拠点。特に私が大好きなジョルジオ・アルマーニが世界中に発信する中心地である。

二〇二〇年はイタリアはもちろん日本でもショーは開かれず、銀座のアルマーニタワーも長らく閉店していた。

ジョルジオ・アルマーニはモードの帝王と呼ばれ、八六歳の今もなお健在である。

その彼が「私たちは急ぎすぎた」と言ったという。

「もっとスローダウンしなければいけない」

ファッション業界をはじめとし新製品は季節を先がけ半年先、いや一年、少しでも早く作って売ることばかり考えてきた。効率のみを追っていたのだろう。その結果、早さばかりを追って今必要とするものに目を向けない。

流行に先がけ、遅れてはならじと新しさを求める。これでいいのだろうか。その揚げ句、犠牲にしたものに目を向け、「ファッション業界のリセットとスローダウン」を呼びかける公開書簡を米の業界紙に発表したという。静かで落ち着いた自然界の生物としての人間らしい暮らし、コロナの時期を経て、ヴェネチアの澱《よど》んだ運河には魚影が見え、ミラノでも人々が静かな暮らしを取り戻した。皮肉なことに我々がコロナに健康を阻害されているうちに、自然界は本来の姿を取り戻しつつある。

人間世界だけでなく、地球や自然の輪廻《りんね》の中での想像力豊かなコロナ以後を描きたい。

遠い記憶の底から浮かんだ灯火管制

東京・六本木の交差点から飯倉片町の交差点を過ぎてすぐ、知る人ぞ知るイタリー料理店「キャンティ」がある。

一昔前、おしゃれな文化の発信地でもあり、安井かずみ、加賀まりこ、大原麗子など、いわゆる六本木族の集う場所に、私も折々、恋人と二人で身を沈めていた。

今もほぼ変わっていない一階と二階、日によって場所を変えた。私が好きだったのは二階。テーブルを照らす灯りに原因があった。

「まるで灯火管制みたい」が第一印象である。長方形の布四枚で覆われた灯は、緑・赤・黄など布の色を映して、卓上に灯影《ほかげ》を落とした。

それが戦時中の灯火管制とよく似ていたのである。もちろん、当時は外へ灯りを洩《も》らさないためのものだったから、黒一色である。上部と前後左右を黒布で覆い、家族が顔を揃える茶袱《ちゃぶ》台の上にだけ、光が当たっていた。

〝生活防衛術〟と聞いた時、遠い記憶の底から浮かんできたのは、この灯火管制の黒い布。昭和二〇年八月一五日の敗戦は黒い布を取りのぞいた灯りとともにやってきた。

しかし、あまりに突然の明るさに嬉しさと同時に、不安だった。あの黒い布は空襲警報が鳴り、敵機から身を守る最も身近な生活防衛術だった。

だからキャンティの二階の布製で回りを覆った灯りにほっとしたのである。

その席に座ると二人ともリラックスできた。少なくとも私は恋人と二人きりの緊張感から解放され、家族が身を潜めていたあの頃の妙な懐かしさに浸れるのだった。

防衛という言葉は対極に戦争なり、災害なり、疫病なり、戦うべき相手をイメージさせる。いったい何から私たちは我が身を防衛しようというのだろうか。「Ｇｏ Ｔｏ トラベル」の前倒しなど政府は、東京を除いただけで相変わらずノー天気な決断を下していたが、東京や他道府県の感染者数の急増を見れば厳しい予測は、素人の私にだってできた。

私たち、かつての太平洋戦争を知る者は、生活防衛術と聞いたとたんに頭に浮かぶのは、灯火管制であり防火用水であり、防空壕《ごう》である。

戦争は全くの人災であり、一見コロナ等の疫病や、豪雨や土砂崩れ、地震などの自然災害とは違うようだが、よく考えてみると人間が自然を破壊した長い歴史が原因にあることを考えれば、これも人災といえるかもしれない。

「ステイホーム」キャンペーンを聞いたとたん、私はかつての防空壕をイメージした。小学三年生で敗戦になり、都市部の小学校に通っていた私の家の庭にも防空壕が掘られていた。父の転勤で大阪にいた頃で、借家の前庭に掘られた防空壕は、暗くて湿気が多く、中へ入るとムシムシして気持ちが悪くなった。夜中でも空襲警報が鳴ると、母にたたき起こされて防空壕に入る。寝る前にはいつも枕元に、着替えと身のまわりのものをキチンとたたみ、袋に入れていつでも逃げ出せるように準備していた。

結核で自宅療養を命じられてからは、盆の上に薬と水をいつも用意して、防空壕まで運ばねばならなかった。

警報が止《や》んでやっと外に出られるようになった時の解放感、ほっとして深呼吸できる気分は、緊急事態宣言解除の時に似ていた。

もう一つ似ていたのは、疎開である。

ついに戦争が激しさを増し都市に住むのは危険になって、学校から先生と生徒が集団で行う学童疎開。私の家は、病気の私のこともあって、奈良県の信貴《しぎ》山上の旅館の離れに縁故疎開をした。今回、ヨーロッパ各地でロックダウンがあった時、その直前に郊外や遠くへ疎開する車の列が連なった。日本でも軽井沢などへ疎開した人々も多い。

身近な暮らしでサバイバルを

さて、その軽井沢疎開で起こったこと。ニュースでも取り上げられていたが、トイレットペーパーがあっという間にスーパーの棚からなくなったという。その他、必要な品々についてなくなるかもしれない、という噂《うわさ》が流れるとあっという間に消えてしまうものがいくつか。マスクしかり、アルコール消毒液しかり。

東京でも数あるスーパーからトイレットペーパー、ティッシュペーパーなどが消えた。我が家は都心の広尾（東京都渋谷区）だが、いくつかあるスーパーからいっせいにマスクもトイレットペーパーも消え、元どおりになるのにかなりの時間がかかった。

それ以来、もっとも近くにあるスーパーの横を通りかかると、その売り場をまっ先に見る癖がついてしまった。

「今日はまだありました」

「朝早く行けば買いやすいわよ」

同じマンションの奥様方の立ち話もほとんどその話題で埋めつくされている。

こんなことで生活防衛などできるだろうか。だからこそ日頃から生活防衛術に長《た》けて、トイレットペーパーもマスクも準備しておくべきだといわれそうだが、いや待てよ。

そんなことならスマホであっという間に情報の流れる時代、噂によっていくらでも私たちの生活は左右されてしまう。という私も、全く品物のない棚を見て不安にならなかったわけではないけれど……。

巷《ちまた》では、ウィズコロナでの新しい生活が声高に語られている。ソーシャルディスタンス、三密にならない、などなどの対策がとられているけど、何かが違うんじゃないかと思うのは、私だけだろうか。

身近な自分の暮らしのサバイバルは、自分で考えなければ。上から命令されたり、みんながやっているからやるというのでは、決して生き残れないのではないか。

もっとドーンと自分自身の生活に腰を落ち着けて、自分の暮らしに自信を持って、そこから始めることが大事だ。

死ぬ時は死ぬがよく候

生活する、暮らすという実感を取り戻さなければ、うわべだけの生活防衛術しか見えてこない。

そのために、自分の哲学を持つこと、考え方の基本を決めておかなければ、いくら物を買い込んで、溜《た》め込んでみても仕方ない。

むしろ物に頼ってしまうといつも不安にさいなまれる。あれも買わねば、いやこれも必要。また新しい災害グッズが出たからそのほうがいいのでは。

どれくらい取り揃えてみても、不安はなくならない。それよりも、自分の今の生活、暮らし方を見直してみること。これぞ私の暮らし方というものを身につけること。明日は我が身と考えて。

良寛をご存じだろう。江戸後期に生きた僧であり書家であり、漢詩や短歌、俳句など著作を多く残している。

新潟県の出雲崎の名主の長男に生まれたが出奔《しゅっぽん》し放浪の後、修行して僧となるが、後に越後に戻り、蒲原郡の国上山《くがみやま》の五合庵で暮らした。

私は、その五合庵を訪れたことがあるが、雨露をしのぐ一間だけの庵《いおり》に僧侶の黒い衣と托鉢《たくはつ》用の鉢、子どもが来た時に遊ぶ手まりだけが残されていた。

「焚《た》くほどは　風がもてくる　落葉かな」

良寛の名声を聞いてたずねた城主が、有名な寺の住職になってほしいと良寛に頼んだ時の答えである。

火をおこすほどはこの庭の落ち葉で十分です。足るを知ることを暗にほのめかして断ったという。

良寛ほど自由に生きた人を私は知らない。その書はこれ以上なくのびやかに、里の人々からも愛され、貞心尼《ていしんに》という最期をみとった女性もいたという。

その良寛が言った言葉。

ある人が、「災難が襲ってきたらどうしたらいいでしょうか」と問うた。

「災難に逢う時節には災難に逢うがよく候、死ぬる時節には死ぬがよく候、是はこれ災難をのがるる妙法にて候」という答え。

自分の居場所でドンと居座る

この言葉の深さ、災難が襲ったらあたふたするのではなく、遭えばいい。死ぬ時も同じだ。その覚悟を日頃から持つことが唯一災難を避ける方法なのだという哲学。その開き直った生き方が大事なのだ。

災難がくるからといって逃げまわってみてもなんにもならない。いくら逃げようと、くるものはくる。それよりもそれを受け止める心構え、生き方を身につけておくこと。

そう思うと恐れるものはない。堂々と今いる人生を自信を持って生きていける。

良寛の言葉を思い出すと、そうか、あるがままに今を懸命に生きればいいのだと思えてくる。

その上で、かつて目にした風景が浮かんでくる。

私は宮城県の気仙沼に、作家の故・中野孝次氏と共に講演に行ったのだ。その日一泊し、翌朝船で近くの大島へ渡った。

そこはカキの名所で、船から上がった船着き場の近くで、カキの殻をむく人と出会った。

黙々とその男は殻をむいていた。一つ終えれば次を、見る間に殻が積み上げられていく。帰り道、やはり男はカキをむいていた。同じ姿勢で。

こうやって一日が過ぎる。次の日も、また次の日も。なんと堂々とした人生だろう。これが生きるということなのだ。私のようにマスコミに左右され、偉そうに講演などしにくる。なんと浅はかで浮わついた人生。私は感動した。生きるとはこういうことなのだ。自分の居場所を持ってドンとそこに居座り、根を生やして同じことを続けるそこにこそ、サバイバルの覚悟と知恵があるに違いないのだ。

命にかかわる決断を人任せにしない

「行け」と言われて出かけるのは旅ではない。他からそそのかされて行くのは旅と対極にある。その意味で「Ｇｏ Ｔｏ トラベル」は旅ではないと思う。

新緑の　車窓ちらりと　千曲川　　　六丁目

俳号・六丁目こと永六輔さんは、旅の名人であった。元気な頃は、一週間に一回東京に戻って、後はほぼ旅に出ていた。

私は永さんから誘われて句会をご一緒していたが、偶然、新幹線の中や駅で出会う時は、いつも一人だった。旅とは本来一人になるもので、その意味でも人と出会って盛り上がるのとは対極にある。

「知らない街を歩いてみたい　どこか遠くへ行きたい」

永さんの数ある作詞の中で、私が一番好きなのはジェリー藤尾が歌う「遠くへ行きたい」だ。そこには憧れがある。心憧れてやむにやまれぬ旅情がある。

旅に行くのがいいとか悪いとか、白黒つけるのはおかしい。ましてや他人に言われて行動するなどとんでもない。

考えれば考えるほど、「Ｇｏ Ｔｏ トラベル」は無意味なのである。

永さんが生きていたらなんと言ったろうか。「こんなキャンペーンを知らなくて良かったですよ」と言ってあげたい。

お盆の帰省は旅とは別物である。故郷へ帰って先祖を弔う。年老いた父母の顔を見る。目的がはっきりしている。そこには人それぞれの家族観や死生観が見える。これもまた、「Ｇｏ Ｔｏ トラベル」とは別物である。

判断前のモヤモヤ感こそ大切だ

「帰ろかな　帰るのよそうかな」

永さんの作詞は人の気持ちを言い当てている。北島三郎の歌声がいやでも故郷を際立たせた。

二〇二〇年の夏は、まさにその気持ちだった人々も多いだろう。帰りたくても帰れない心を抱いておおいに迷ったに違いない。東京駅などでのテレビのインタビューを見ていると、帰ると決めた人も、どこか後ろめたそうだ。いつもの夏は家族連れが誇らし気に答えていた。

「どこへ行くの？」

「おばあちゃんち」

「何するの？」

「お墓まいり」

「みんなでお話しして、花火する」

いかにも家族こそ善というその風景が、私はあまり好きではなかったが、二〇二〇年は多くの人が考えたのだ。

行くべきか、行かざるべきか、その迷いこそ大切だと思う。他人の例を見て真似《まね》をしたり、人と同じことをせねば後れを取るなどという日本人特有の同調思考を捨てて、それぞれが考えた。どうしたらいいか。そこで気付くことがさまざまあったに違いない。親子とは何か、家族とは何か、先祖とは何か。

これまでは、ただの慣習として行っていただけだったり、義理を果たさねばならず、あまり気の進まぬこともあったりしたかもしれない。迎える故郷のほうでも久しぶりに会える楽しみもあれば、孫を相手に気を遣うあまりすっかり体調を崩してしまったなどという話もある。中には会えないことでほっとしたケースもないとはいえないだろう。

老人ホームなどに親の介護を頼んでいる場合は、無理して帰っても、施設側から会わせてもらえないケースも多い。知人の編集者の母は、九十九歳で青森の施設にいるが、新型コロナウイルスの影響で四月以降、来ないでくれと言われている。会えても一五分だという。

特に東京から行ったとなると、二週間は面会謝絶だったり、母の年齢を考えると気が気でないと言う。

オンライン面会といっても、相手側にパソコンやスマホが用意できなければ実現不可能である。

コロナ禍の中、人々はさまざまな知恵を駆使して方法を考える。一律に白黒つけられないところこそ大切なのだ。

早くはっきりさせてモヤモヤをなくしたいと単純に考えがちだが、私はそのモヤモヤこそ大事だと思う。

今まではスマホを頼りに人真似をしたり流行に合わせていれば良かったが、そうはいかなくなったのだ。

究極の選択を人任せにできない。そこに人の命がかかわってくる。人の暮らしがかかわってくる。いやでも一人一人が考えざるを得ない状況なのだ。

ここで逃げてはいけない。他人の意見を参考にするのはいいが、自分のケースは他人とは違うことを肝に銘じ、究極の選択は自分でするしかない。

そのチャンスが訪れたことをプラスに受け止めよう。もはや逃げられないから自分で選択するしかない。

その結果、お盆休みでいえば、「帰ろかな」よりも「帰るのよそうかな」が上回った。さまざまな統計があろうし、場所による違いもあろうが。

「毎日新聞」二〇二〇年八月九日付の記事によれば、リサーチ会社「クロス・マーケティング」が一一〇〇人に調査したところ八六〇人（七八％）が「帰省予定はない」。実に賢明な選択だったと見ることができる。

多数の人たちが二〇二〇年は「やめとこうね」と家族で話し合い、父母も心配しながら、会いたくても「そのほうがいいよ」という結論を得たのだろう。

その一方で、どうしても今年会っておかねば後悔するかもしれない、と決断した人もいる。単身赴任の夫の元に子ども連れで出かける妻は、「この子がどうしてもお父さんに会いたいと言うので」と苦渋の決断を話していた。

それはそれでいい。自分で決めたことならば、その選択は大事だ。しかしそのためには、できる準備は全て整えて、人に迷惑をかけぬよう、自分の身は自分で守る決意が必要になる。

日本人はどうも、自分の身は自分で守る意識が欧米人に比べて欠けていた。国をはじめ、自分たちで責任をとるのではない甘さがあった。

二〇二〇年八月六日、ヒロシマ原爆の日に見たNHKのドキュメンタリー「NHKスペシャル」でも、原爆を使う際にはアメリカから警告があると信じてポツダム宣言の受諾を引き延ばして、ついに二度も悲劇の日を迎えなければならなかった記録がアメリカ側の資料で明らかにされていた。

敗戦という残酷な白黒つける場面でも、日本側の判断の甘さが露呈された。結局、御前会議で天皇に決着を任せる形になる。

白黒あいまいにはしていられない

その甘さは、今も改善されたとはいえない。コロナの感染者数が全国で急激に増えても国の決断は最終的に地方自治体に任される形になっている。そして新型コロナウイルス感染症対策分科会なる有識者会議がそれを裏付けている観がある。

私も何回か国の審議会の委員に加わったことがあるが、初めに結論ありきで、違う意見を言おうと討議が白熱しようと結果は同じだったことにどれほど落胆したことか。

もちろん今回の分科会や専門家会議は、医療を含めその道の専門家の集まりだろうから違うと思うのだが、それが反映されている気がしない。

もっとも危惧するのは、専門家会議の議事録が当初なかったこと。「Nスペ」の原爆の記録のドキュメンタリーにしても記録があったからこそ証明できたことなのだ。

国の省庁の記録が「ありません」だの、消去されたり黒ぬりにされたり、歴史に学ぶことは大きい。記録をもとにきちんと検証が行われれば、次に生かせるはずだ。何か意図があっての結論ありきや記録を消すことは、真実を見分けられるかどうかの重要な分岐点である。

ほんとうに大切な究極の白黒をつけるべく検証するためには記録が欠かせないことは、今さら言うまでもないことなのだ。

さて顧みて、私の子どもの頃のお盆はどうだったか。

下重の家の祖父母は、東京の西武池袋線の中村橋駅（東京都練馬区）近くに、借地だが四〇〇坪ほどの土地に長屋門のような黒板塀に囲まれた家に住み、お盆には親族が集まるのが恒例だった。

祖父は退役軍人で、庭の手入れや自分の菜園でトマトやナス、キュウリなどを育てていた。祖母は観世流の謡曲を教えていて、彼女の部屋の長火鉢には鉄瓶にいつも湯が沸いて、和菓子が用意されていた。

父は軍人だったから二、三年おきに転勤していたが、長男だったのでお盆には、母と兄と私は、たいてい祖父母の中村橋の家に出かけた。

そこには、父の弟妹の家族がすでに集まっていて、従妹だの従兄だの同じ年の女の子や年上の男の子と顔を合わせた。私は子どもの頃結核だったり体が弱かったので、元気な親類の子たちと一緒に遊んだり話をするのが苦手で黙り勝ちだったと思う。

「コロナてんでんこ」で生き延びる

日頃、一人か少人数で過ごしているため、人がたくさん集まるとどうしていいかわからず、早くその時間が過ぎてほしいと思っていた。

祖父の作った野菜やら祖母を手伝う母たちの御馳走にも気もそぞろで、最後に庭にある池の小島の百日紅《さるすべり》をバックに全員揃って記念写真を撮り終えるとほっとした。

もう誰も気にせず一人に戻れる自由な気分の中で父の赴任先へ列車で揺られながら車窓から外を見るのが楽しかった。空いていれば右に左にと席を変えて川の流れを追ったり「ルーズベルトのベルトが切れて　チャーチル散る散る花が散る」などと小さい声で替え歌をつぶやいたりした。

敗戦以後はお盆どころではなく、母の故郷の上越へ食物を求めて夏を過ごしに帰ったが、その列車は買い出しや疎開から帰る人々で超満員。小さな子どもは網棚に寝かされ、新聞紙を敷いて通路に座る人や、乗り降りは窓からというすさまじさだった。

母の故郷は元地主で、白米や西瓜《すいか》や都会では食べられぬものばかりで天国に思えたものだ。

その頃は一人一人が必死で命をつないでいた。白・黒も、あいまいも言っているひまもなく生き延びるのが精一杯だった。

そして今コロナ禍の中、私たち一人一人が自分の生き方を問われている。自分で考え、自分で決断し、自分で行動する。国や地方自治体もあてにはできず、自分で責任を持たねばならない。

3・11の津波の時「津波てんでんこ」と言われた。家族だの友だちだのと一緒に行動するのではなく、一人一人がともかく高い場所に移って自分の命は自分で守る。

コロナの時代、私は「コロナてんでんこ」と自分に言い聞かせている。

対談　池上彰×下重暁子

コロナ禍ニッポンをどう生きる？

新型コロナの感染拡大に伴い、私たちの生活は大きく変わった。ニュース解説でお馴染み、ジャーナリストの池上彰氏はＮＨＫ出身。筆者とは先輩・後輩の関係にある。意外にも初顔合わせとなった対談のテーマは「コロナ禍ニッポンをどう生きる？」。

「家族は善」を国に利用させるな

――お二人ともNHKご出身ですね。

下重 私、NHK出身と言われるのが嫌いです。入りたくて入ったわけじゃないものですから（笑）。私が受けた時は、すごい就職難でした。

池上 とりわけ女性はね。

下重 女は新聞も雑誌もどこも採用してくれなくって。報道機関ではNHKで、しかもアナウンサー職しかなかった。私はアナウンサーになりたいと思わなかったけど、食べるために受けたら入ったという、いいかげんなものでした。

池上 私は新聞記者になりたかったんです。小学校の頃からずっと思ってて。ところが大学三年の冬、あさま山荘事件（注1）が起きて。NHKと民放の視聴率を合わせると九〇%くらい。これからはテレビの時代かも、と思った。しかもNHKはスタートが必ず地方勤務なので希望がかなうかなって。

下重 池上さんは不思議。入局してから島根県松江放送局、広島県呉通信部でしょう。皆、早く東京の本局に行きたいと思っている中、希望を通信部にするなんて。

池上 地方記者志望だからです。同期の記者で大阪に配属された人は、ずっと大阪府警担当でした。私は松江の三年間で、警察、検察、裁判所、県庁、市役所、農協など全部担当しました。

下重 出世コースには目を向けず、やりたい仕事にまい進してきた。本当にNHKには珍しいタイプ。

池上 NHKでなまじ出世すると、取材ができなくなりますから。生涯ジャーナリストでありたいと思っていたので、人事考課で解説委員を志望していたんです。ところがある日、解説委員長に呼び止められ、「お前はなれない」と言われたんです。「週刊こどもニュース」でいろいろ解説していても、専門性はないと判断されていたんですね。それで辞めることにしました。

池上《いけがみ》 彰《あきら》

1950年長野県生まれ。慶應義塾大学卒業。1973年、NHK入局。1994年から11年間にわたり「週刊こどもニュース」のお父さん役を務めた。2005年、フリージャーナリストに。各メディアで活躍する一方、名城大、東京工業大など9大学で教壇に立つ。『一気にわかる！池上彰の世界情勢2021 新型コロナに翻弄された世界編』（毎日新聞出版）など著書多数。

インフルの語源は「天体の影響」

下重 その上司はいかにもNHK的な勝手な言い分ですね。その点、池上さんは反骨心を持つジャーナリスト。私は最初、名古屋でした。その年の九月、伊勢湾台風（注2）が直撃。半年ほど休みもなく働いた。あの現場が私の原点です。ところで、二〇二〇年は新型コロナウイルス一色に染まった一年でした。テレビで数多く新型コロナの特集をされていましたが、科学はお詳しかったんですか。

池上 いえ、ひたすら勉強です。

下重 ご著書に、新聞の切り抜きが趣味だって書いてあったから、この人は本当に勉強好きなんだなって。

池上 好奇心の塊です。なんでもいろいろなことを知りたい、ただそれだけです。

コロナの問題が出てきた時、視聴者に伝えるべきことは、そもそも、ウイルスと細菌って違うとか、ウイルスはそもそも生物じゃないという議論から始めなければいけない、と感じたんです。

下重 基本が大事ですよね。

池上 生物学者が示す生物の定義は①細胞膜に覆われている②自ら代謝、つまり、自分でエネルギーを取り込む③自ら分裂していく――この三要素なんです。ところが、ウイルスには細胞膜がない。

下重 えっ、どういうことですか？

池上 単なる遺伝子をたんぱく質がくるんでいるだけ。自分で代謝することができず、エネルギーを取り込むこともできない。だから生物の細胞の中に入り込んで、その細胞の中で自分のコピーを作るんです。

下重 潜伏期間が一四日間といわれ、その期間を経れば大丈夫だということは、一四日間経つとウイルスは死んでしまうということですか。

池上 違います。

下重 死なない？　死にたくないから隣にいる人を見つけて移るわけではないのでしょうか。

池上 たまたまポッと飛び出したウイルスを他の人が偶然触るから入るわけで、ウイルスが自分で狙っていくわけではありません。ウイルスは一つ二つあったところでなんの悪さもしない。それがどんどん増えて、例えば一〇〇億個とかのレベルになって、初めて人間に症状が出る。そこまでに一〇日間から二週間くらいかかるということです。

下重 そういう非常に初歩的な部分が全然説明されていない気がします。だからわからない、普通の人には。

池上 下重さんは「ウイルスは死んでしまう」と言いましたが、ウイルスは死にません。生きていないので。単なるＲＮＡ遺伝子、要するに情報なんです。

下重　いつの間にか、ウイルスを生物と勘違いしていました。

池上　よく「手洗いを」と言うのは、石鹸《せっけん》が、ＲＮＡをくるんでいるたんぱく質を溶かすからです。そうすることによって、ＲＮＡは感染力を失います。だから、水で手を洗うのではなく、石鹸で手を洗うことが大事なんです。本当はそこまで言わなきゃいけない。

下重　そういうことが抜け落ちている。私は時折テレビでコメンテーターをしていますが、その一番最初のところを理解していなかった。番組では医師がゲストで出演しますよね。そういった専門家に聞くと、あきれた顔でこちらを見る。それでどんどん根本的なことが置き去りにされていく。今のコロナの問題は、とても難しい。自分がわからなくて、人にわからせることはできない。でも、自分がまずわかることとは、世の中で少なすぎるという気がします。

池上　もっと嚙み砕いて知らせる必要性がありますね。でも、いろいろなことを知るっておもしろい。インフルエンザという名前はどうしてついたんだろうって、私はそこからやるわけです。

下重　私もそういう疑問がすぐ湧きます。

池上　中世のイタリアで占星術が盛んだった時代、どうも冬の星座が夜空に現れる頃に風邪を引いたり、くしゃみをしたりした。天体の影響、天体のインフルエンツァによって広がったと言われたのが始まりです。「インフルエンツァ」というイタリア語で、それが英語でインフルエンザになった。「影響」という意味です。感染が広がるから影響というのではなく、天体の移動が影響するからなんておもしろいでしょう。そんなことを知ったら人に話したくなるでしょう。

「生き方」をお上に言われたくない

下重　夢がありますね、天体が起源だなんて。

池上　ええ。そうすると、ウイルスと細菌は違い、ウイルスにもRNAとDNAがあるって知る。DNAのウイルスだと変異しにくいから、天然痘のようなウイルスは変異しなかった。だから天然痘をこの世から全部なくすことに成功したわけですよね。インフルエンザウイルスやコロナウイルスはRNAなので、コピーを作る時にミスが起きる。

下重　コピーミスなんて怖いですよね。

池上　出版に例えると、記者が書いた原稿には校閲が入るでしょう。誤字脱字を全部チェックする。DNAは二重螺旋《らせん》で、分裂した時にちょっと変になると、もう片方がチェックするんです。つまり、自己修復機能があって、突然変異しにくい。ＲＮＡはその機能がないので、変異したらそのまま。誤字脱字のまま本を出すようなものなんです。

下重　誤字脱字のままのコロナ問題を引き受けなきゃいけないって、困りますね。

池上　コピーミスは変異しやすいということ。感染が広がっていけばいくほど変異して、とんでもなく強毒化する可能性がある。だから、感染予防をしなければいけないということです。

下重　ここまで聞いたことで、コロナの本当の恐ろしさがわかってきますね。

池上　しかし、政治家がきちんとメッセージを発信していない。専門家もメッセージが足りないんですね。感染を防ぎましょう、これだけのことです。実はこれ、時間稼ぎなんです。とにかくワクチンができるまで、あるいは治療薬ができるまでの間、とにかく時間稼ぎをしましょう。そのために皆さん、もうちょっと我慢してください、って話なんですね。

下重　そう言えばいい。だけど、二〇二〇年は「Ｇｏ Ｔｏ トラベル」継続に固執して、内閣支持率低下でようやく全国一斉に一時停止しました。いつも経済問題が優先されるからおかしくなるんです。私が今一番大事だと感じていることは「新しい生活様式」ではなく、もっと自然を大事にすることです。温暖化の問題もそうですし、環境問題も全部つながっている。人間が自然を傷めつけた結果、そのしっぺ返しを受けている感覚があります。私、軽井沢に仕事場があるんですが、コロナで人出がなくなった途端に鳥が増えた気がします。目の前で見事に自然が回復していく。

池上　私も「新しい生活様式」に違和感を覚えます。メディアはみな無批判に解説しますが、私は違うんじゃないのって思います。生き方とか生活の仕方をお上に言われたくない。

〝自分を掘った〟棋士・藤井聡太

――東日本大震災から二〇二一年は丸一〇年、新型コロナから一年の二〇二一年というのは、一つの節目になりますね。

池上　間違いなくそうですね。二〇二〇年、緊急事態宣言があった時、それでも出勤しなければいけない人がいた。一方で、在宅勤務をする人も出てきた。要するに、命がけで会社に行くだけの価値があるのかということを、あの時みんな考えた。本当に大事なものってなんだろう、それはやっぱり命だろうって。

下重　そのとおりです。命があって経済力が必要なんでしょう。それを経済を元に戻すことばかりがまかり通る。なんか逆になっていませんか。

池上　命を大切にするために経済活動ってあるわけです。経済活動のために命があるわけではない、そこですよね。それを一人一人が改めて振り返る。新年だからこそですね。ワクチンができてきて、治療薬ができれば、ある程度、昔に戻るかもしれないけど、下重さんがおっしゃるとおり、元に戻すんじゃなくて、全く新しい生き方を考える、そのきっかけにするのが一番いいんだろうと思います。

下重　それでないと意味がない。それから、私が思うのは、この一年間とても辛かったけど、良かったとも思う。なぜなら、自分に籠もらなきゃいけなかったからです。私は「自分を掘る」と言っているんですけど、自分を掘っていく時間だったと思うんです。そのいい例が、将棋の棋士の藤井聡太さん。しばらく対戦がなかった間、徹底的に自分を掘って、自らの将棋を見直したというんです。次の段階に進むためには、自分というものを知らなきゃいけないと思いますね。

池上　実は私も全く同じことを学生に話したんです。前期、四月から七月までの間に四つの大学で同時に教えていたんですけど。

下重　忙しかったですね。

池上　学生にオンラインで呼びかけたことは、人生の青春の一時代、本当に孤独で、たった一人で自分を見つめ直すことが、絶対必要だと。これまでは、みんなとにかくＳＮＳで、ＬＩＮＥでつながり続けている。人類の歴史において極めて異例なことで、本来はおかしい。人間は社会的動物だから、つながらなきゃ生きていけないけど、一人孤独に自分を見つめ直す貴重な機会だと、そう思って耐えてほしいという話をしました。そういう時こそ本をたくさん読んでほしい。

下重　孤独というのは私たちが若い頃、学生の時代には一種の憧れでした。かっこいい子は孤独を気取っていましたよ。ショーペンハウエル（注３）を読んでいるとかね。誰かから何か命令されたり、一斉に人真似をしたり、ＳＮＳで「いいね！」がないと、もう不安でしようがない人生というのは一体なんなんだって。一度振り返って、自分で解決しなきゃいけない時期ではないでしょうか。

池上 だと思います。そうやって孤独の時間を過ごすことによって、久しぶりに友人に会ってみたら人間的に大きく成長していたとかいうことだと思いますよね。

下重 しばらくぶりに人と会うと嬉しいものです。電話でもね。

コロナ後の「生き方の見直し」を

池上 夏以降、大学で対面の授業がいくつか再開されました。すると、学生の意欲が全然違う。コロナ前とは全く違う。学生たちは本当に意欲的に取り組んでいます。こういう効果もあったのかと驚きました。

下重 本質的な効果ですね。人と人がつながるためには一人で考える時間が必要です。そこで一人一人に想像力が生まれる。

池上 新年になり、元に戻るものと戻らないもの、戻ってはいけないものを自分なりに考える、それが大事なこと。生き方の見直しですよね。

下重 よく連帯というでしょう。連帯というのは、一人一人、ものの考え方の違う人が集まって、それぞれの意見を出して、ある方向性を見いだすことを連帯と言うんだと思う。ところが今は、意見の強い人が一人いて、そちらに右へ倣えとなる。それは連帯ではなく、全く逆のことです。

池上 有名な言葉ですね。「連帯を求めて孤立を恐れず」という。東大闘争のときの（笑）。

下重 本当にそのとおり。あの頃を思い出しますね。私は東大闘争に惚《ほ》れきっていましたから。だって、最後にね、東大が陥落するとき、私わざわざプレスの腕章を借りて見に行ったの。

池上　涙を流しながら行ったんでしょう。

下重　よく知ってらっしゃいますね（笑）。催涙弾でべたべたに涙を流して。東大全共闘代表の山本義隆さん（注4）は、私の高校の後輩でもあるんです。

池上　私はその時、高校三年生で、受験勉強をしながら見てました。ああ、入試がなくなる（笑）。

下重　生き方の見直し、整理整頓といえば、昨年は自殺が増えた。個人の生き方、家族の生き方、それぞれが見直し、整理整頓する必要がありますね。

池上　それでいうと、「ソーシャルディスタンス」という言い方に私は反対です。これは「フィジカルディスタンス」です。ソーシャルディスタンスって社会的に距離を置くことでしょう。人間って社会的な動物ですから、それはできないんです。あくまで物理的に、ちょっと離れなきゃいけないけど、社会的に結びついていてこそだと思うんです。

下重 ただその場合、誰かから命令されなければできないというふうになっていくことが怖いですね。それを下手に利用されると、また命令国家になってしまいますからね。国が今、とてもやりやすい方法というのは、やっぱり家族を大事にしろと言っているでしょう。私は家族の本も書いていますけれども、戦後一番殺人事件が多いのは家族間ですからね。

池上 家族内殺人ですからね。

下重 なのに、「家族は善」と考えている人が多いことに目をつけて、国が家族を管理しようとしている。コロナ禍を利用して、そういうことがないように見張っていかなきゃいけないとも感じています。

(「サンデー毎日」二〇二一年一月一七日号掲載)

注1　あさま山荘事件　一九七二年二月に長野県北佐久郡軽井沢町にある保養所で連合赤軍が人質をとり立てこもった事件。

注2　伊勢湾台風　一九五九年九月二六日に紀伊半島先端に上陸した台風一五号のこと。台風災害としては明治以降最多の死者・行方不明者数五〇九八名に及ぶ被害が生じた。

注3　ショーペンハウエル（一七八八～一八六〇）　一九世紀のドイツの哲学者。著書に『意志と表象としての世界』など。

注4　山本義隆（一九四一～）　元・東大闘争全学共闘会議代表。科学史家。著書に『近代日本一五〇年——科学技術総力戦体制の破綻』など。『磁力と重力の発見』でパピルス賞、毎日出版文化賞、大佛次郎賞を受賞。

第二章

耳を済ませば
寝たきりの心配無用

「自分で食べていく」と決めた自分を裏切れない

子どもの頃、お小遣いをもらったことがなかった。親の教育方針だったらしい。

「武士は食わねど高楊子《たかようじ》」的な軍人家庭で誇りだけ高くて、見栄《みえ》は張るのだが、実質が伴っていなかった。

戦後になり職業軍人という仕事がなくなるだけでなく公職追放で父はしばらく職に就けず、売り食いの生活で、いつの間にか、私のお雛《ひな》様まで売られていた。

人形作りが趣味の祖母の手作りの特別な内裏《だいり》様だったが。

子どもたちの仲間にも入れてもらえなかった。もともと結核で自宅療養していたから一人でいるのは馴《な》れていたが。

紙芝居屋がくる。子どもたちは自分たちのお小遣いを握りしめて昨日の続きを見にいく。私には自分のお金がなかった。

だからずっと離れた所で声だけを聞いていた。それでも筋は十分にわかった。

「ただ見！　ただ見！」

私の姿を見つけると男の子たちが指さした。母に言えばお金はもらえたかもしれないが、多分紙芝居屋が売るあめやせんべいを私に買わせたくなかったのだろう。

外での勝手な飲食や買い喰《ぐ》いを日頃からきつくいましめられていたのだ。

お祭りにも行けなかった。小学生の頃、近所のお宮のお祭りに母の目を忍んで友だちと出かけても、私だけお小遣いがなく、友だちのやることを眺めているだけだった。とりわけあのピンク色をした綿あめ……目の前で手品のようにくるくるまわりながらふんわりと大きくなっていくあの夢のような食べ物を一度でいいから食べてみたかった。

後に放送局に入り、神社の屋台からの中継を終えて恐る恐る言った。

「私、一度でいいからあの綿あめを食べてみたいの」

スタッフはあきれた顔で私をながめ、親切なディレクターが私のために、綿あめを買ってきてくれた。それを手に持って口に入れた時の天にも昇る喜び……多分、他の人にはわかるまい。

必要なものは、親が買い与えてくれたので、高校生になって家を出るまで、私には自分のお金というものがなかった。それを不思議とも思わず、とりわけ自分のお金が欲しいとも思わなかった。

鷹揚《おうよう》といえば聞こえはいいが、そのせいでどうもお金というものにピンとこないところがある。

辻政信から渡された分厚い茶封筒

我が家は経済的に逼迫《ひっぱく》していたが、ようやく父の追放が解除されて、一家で大阪から東京の祖父母の家に戻ることになった。父は長男で代々軍人の家なので画家志望を許されず、陸軍幼年学校から士官学校といわゆるエリートコースを歩まされ、民間の仕事は何をやっても武士の商法で失敗したが、退役軍人として悠々自適の生活を送った祖父の家は西武池袋線中村橋駅からすぐで四〇〇坪近い敷地に黒板塀の純日本家屋が建っていてゆとりがあった。

そこから私は早稲田大学に通うことになるのだが、入試の後、特別に面接試験があり、たずねられた。

「大隈記念奨学金がもらえますが、どうしますか」

その時私はなんと答えたか。

「私より困っている学生がいると思うので、遠慮します」

なんといやらしい。喉から手が出るほど欲しいのに、素直に受けることができなかった。大隈記念奨学金は卒業後返す必要がないのに、見栄を張った。

その結果、在学中アルバイトに明け暮れることになるのに、「武士は食わねど高楊子」の誇りが邪魔をした。

今ならすぐいただく。素直にありがたく。思い出すだけでもあの頃の自分のいやらしさがバカバカしい。

大学四年の時だった。就職先を決めなければならないのに、女子を採用する所はほとんどなく、活字志望は新聞社も大手出版社も募集はなく、言葉に関するものは放送局でもアナウンサーのみだった。麴町で家庭教師のアルバイトを終え、うつうつとしながら四ツ谷駅に向かって歩いているとピタリと黒い車が私の横に止まった。中から父と士官学校同期生の辻政信氏（注）が現れ、父に頼まれたので日本テレビに連れていってくれるという。

その頃、『潜行三千里』（毎日新聞社・一九五五年）という本がベストセラーになり、本人は衆議院議員だったので、私の就職の面倒を見てくださるつもりだったのだろう。

帰り際、分厚い茶封筒を渡された。すぐお金だと気付いたので「受け取れません。父に叱られます」と言った。

「親父には黙っとけ」

押し問答の末、父に相談することにして、封筒は私の手に。アルバイトに明け暮れる同期生の娘を黙って見ていられなかったのだろう。

家に帰ってすぐ父に報告し、「どうしたものか」と言うとしばらく考え込んでから「好意なのだからありがたくいただいておけ」と言った。辻政信氏が姿を消すのはそれから一年以上経った頃だった。

金銭感覚は、多分に家庭環境が影響する。

我が家でいえば、社会が変革するごとに大きく変化した。

まず明治維新、下重の家は浜田藩（現在の島根県浜田市）の武士であったが、藩は大村益次郎指揮の長州軍に攻められて落城。松平の殿様以下船で日本海に逃れ、津山（現在の岡山県津山市）を経て、漸《ようや》くもといた関東へ落ち延びる。職はなくハンコを作る者、傘を張る者、見てはいられぬ惨状だったらしい。

そして太平洋戦争後も失職。言うに言われぬ苦労をせねばならなかった。

敗戦の年、私は小学三年、疎開先の奈良県の信貴山の山頂からもといた学校に戻ったが、父は落ちた偶像となり、学校の先生たちも昨日と一八〇度ちがうことを口にして、恥じる様子もなかった。

疎開先で結核のため一間に隔離された時期もあったから、すっかり頭でっかちでおませな少女になっていたので、大人たちの変容をどうしても許すことができなかった。

自由は「経済」と「精神」の自立で獲得できるもの

これからは大人など信用できない。自分で生きていかねばと漠然と考えていた。

自分で生きていくといっても、とりあえずは、学校を出るまで両親に養ってもらうしか方法がない。

あんなに簡単に戦後変わってしまったものは、いつまたやすやすと変わるかもしれない。小学三年といえばまだまだ子どもだが、私は、この先学校を出たら自分一人だけは自分で食べさせると自分に約束していた。

親を養う、子を養う、家族の面倒をみるということは、おいそれとはできないが、自分一人ならなんとかなるはずだ。

以後、中学、高校、大学と進むにつれて、その考えは強固になり、私の中の一つの軸になっていった。

経済的自立と精神的自立、この二つがあってこそ人は自由を獲得することができる。自分らしい生き方をするには、土台になるものを手に入れなければならない。

その部分だけは、今まで頑固に守ってきた。

精神的自立は、自分の考え方をきたえていく積み重ねでできるようになる。

自分の頭で考え、選択し、決断し実行に移す。自分の中での闘いだけでどうにか手にすることができる。

しかし経済的自立は、自分だけではどうにもならず、社会的環境の中で勝ち取るものだけに難しさがある。

安易に妥協しそうになる。

しかし私は、他人から見たら「なぜ?」「そんなに依怙地《いこじ》にならなくても」というくらい、自分で決めたことには、忠実だった。

就職して自分一人はなんとか養えるようになってからは、その手段だけは決して手放さなかった。

NHKでアナウンサーを九年やったのも、その後民放のキャスターをやりつつ、もともと希望だった活字の仕事を増やしていったのも、確信犯であった。

その仕事でなんとか食べられる、私一人食べていけると思うまでは翔《と》ばなかった。

ＮＨＫを辞めたのも、まだ今のように歴史がなく基礎の整っていなかった民放がキャスターという仕事で買いにきてくれたからこそできたのだ。

喋る仕事では、それまで積み重ねた部分でなんとかやっていける。それでしのぎながら、本来の目的に向かって少しずつ少しずつ近付いていく。

そして売れなくともシコシコと本を書き、頼まれた活字の仕事は、全て勉強と思って断らず、そのうちに活字の仕事のほうが増えてきた。

その間、結婚もしたが、私は、独立採算制を貫き、今もその延長線上にある。我が家はお互いの収入も知らず支出も知らず、必要なものは自分で買い、共通の買い物の家などだけワリカンにする。

二人とも元気な間はそれを貫くと決めていて、今のところ、テレビ局から大学で教えるようになったつれあいは、年金もあるだろうし、自由業の私のほうが問題があるはずだが、四、五年前からベストセラーになる本があったり、なんとか最後まで、自分を自分で養うことはできそうである。

私は、他人から決められたり管理されることはきらいだが、自分で決めたことには忠実である。そのためには仕事は一生懸命やるし、決して諦めない。自分で食べていくことは小学生の私が決めたことだ。自分を裏切ることなどできないではないか。

その意味では結構しっかりしていたのかもしれない。金銭感覚がいいかげんな割には、どんぶり勘定だけは合っている。

人を当てにしてはならない。私は自分が使う金は自分が稼ぐのが基本だと思っている。自分が仕事をして得る金など知れているが、それで十分、それ以上はいらない。他人に養ってもらうなどもってのほか。もしそれを認めたら不自由で、がまんしたりストレスが溜まったり……。

自分の金をどう使うかは私の裁量でしかない。それをとやかく人には言わせない。

日本は戦後、経済成長や効率が価値の基準になってきた。それは戦に負けてアメリカに追随してきたせいだ。

新型コロナウイルスがまん延し、この期に及んで、まだ人の命と経済を天びんにかけて、効果的な手が打てないでいる。

金は人間が作り出したものだ。自分たちが暮らしやすいようにと作り出したツールに過ぎない。どちらが大事かは言うまでもなく、人の命さえあれば、金を生む方法は見つかるはずだ。しかも、大企業をはじめ好況期に溜め込んだ内部留保の金はどこへいったのか。今こそ人の命のために使うべき時であるはずなのだが。

少しの金で陽気に過ごすコツ

まっ青な海めがけて、機は徐々に高度を下げた。三時間ほど前、カナダのトロントでカナダ航空に乗り換えた時は、雪の残る山々が目の前にあったというのに。

キューバ——以前から憧れていた国だ。何度も機会がありながら実現しなかった。いよいよアメリカと国交回復かという時点で、アメリカ資本が入ったら大きな変化が予想されるので、その直前ギリギリのところだった。

空港では陽気な音楽が出迎えた。サルサ、映画で見たすばらしい音楽がよみがえる「ブエナ・ビスタ・ソシアル・クラブ」。

まず訪れた革命広場では、チェ・ゲバラの肖像、彼の生涯に触れるのも目的の一つ。ゲバラの同志、フィデル・カストロがまだ生きていた。

広場で客待ちをするのは、ピンク、オレンジ、黄などのかつての大型アメ車。空気が爽やかだ。

そこまでは表の顔、実は国民の生活は厳しい。ホテルに着いても突如停電し、お湯が出なくなった。しかし、海は手をのばせば届く場所。

「これくらい、どうだっていうの」

お湯が出ないことなど、どうでもよくなる。

キューバは社会主義国である。キューバ危機は、すんでのところで米ソ首脳の英断で救われたが、今も政治的火薬庫であることに変わりはない。

人々の暮らしは貧しく、夕暮れになると街燈が少ないので暗くなる。

しかし、犯罪は少ない。最低限の生活は保障され、学校教育と医療費はタダである。その上で、子どもたちは身体能力を生かして野球選手やバレリーナなど、自らの才能で生きる道もある。

それはゲバラやカストロが命を賭して戦ったおかげなのだ。ゲバラ廟《びょう》は神聖で、同志たちと共に葬られ、赤い花が飾られていた。

街には音楽が溢れ、通りにもレストランにも音のない場所はなかった。アメリカの作家、ヘミングウェイが『老人と海』を書いた家も保存され、彼がこの国に魅了されたわけがわかる。船やプール（女優エヴァ・ガードナーが一糸まとわず飛び込んだというういわく付き）で、純粋なさとうきびのジュースを。カフェでは、ヘミングウェイの愛した「モヒート」を飲んだ。

今までずいぶん旅をしてきたが、帰国してすぐまた行きたくなったのはキューバだけだ。

なぜか、貧しいのに貧しくない。経済的には厳しいはずなのに、人々の心は貧しくない。最低限の保障のせいもあるが、それだけではない。現に、一番立派な建物は学校と病院。街中にもクリニックがあり、具合の悪い人がひっそりと順番を待っていた。

生活を楽しむコツ、わずかな金で精一杯陽気に過ごすコツを彼らは知っている。金そのものが大事なのではない。金であがなわれた文化を最大限に使って豊かな心を作る。そのことに長けている。

金そのものではなんの値打ちもない。ただのコインや紙束にすぎない。いや最近ではそれさえもなくカード一枚、あるいはスマホさえあれば金の出し入れができる。

そして世界中の金持ちといわれる人々は、金を右から左へ動かすことで金儲《もう》けをしている。何が楽しいのだろう。

「金だけ」では何も生まない

「金だけ」では何も生まない。

かつての大財閥と呼ばれた人々、例えばイタリア・フィレンツェのメディチ家は、多くの美術品を集め、美術家を育てたことで有名だ。

日本でも三井や三菱、ブリヂストンなども美術蒐集《しゅうしゅう》で知られ、多くの芸術家のスポンサーになって文化を育てた。

心が豊かだったのだろう。今のＩＴ関連企業は金が金を生む。文化や芸術と切り離されたところにある。

そういう社会では経済効率しか重視されない。戦後の日本はアメリカ型経済効率一辺倒の有利さと効率の良さ、儲かることが価値の基準になってしまった。

その分、人の心は荒廃し、トランプ元大統領など自国さえよければいい、自国が儲かればいいというあからさまな態度で人としての理念も何もない。長い時間かかって世界の国々が築こうとした価値が音をたてて崩れていく。金、金、金。金だけでは何も生まない。金をどう使うか、人の心を豊かにするために使われてこそ、意味がある。

戦争も全てが金、経済がバックにある。

なかんずく、戦争すれば一番金が儲かるという考え方すらあるのだ。

私は、自分が食べられて聴きたい音楽を聴き、読みたい本が読めて、行きたい所に行ければそれでいい。

多くの金を稼ぎたいという希望など持ったことがない。金はあればあったで邪魔にはならないけれど、使い道を知らない人が金を持った場合の悲劇は枚挙にいとまがない。

例えば、宝くじが当たった、賭け事で大当たりをしたという人々のその後の暮らしは、決して幸せとは言えないのではないか。

私はしこしこと原稿を書いてそれで食べていければそれでいい。不労所得など、ろくなことはない。

かつて、バブルの時代があった。

日本人の感覚はあの時に狂ってしまったと思う。全ての人が金儲けに走り、土地を買い、金目のものに走った。

物価は暴騰し、それでも物は売れた。それまでの日本は、戦後着実に努力をして少しずつ地味に積み上げることで回復してきた。

堅実な形であのままのペースが続けば、戦後の日本は今のように金に走ることはなかった気がする。

ところが問題はバブルだ。人々は金に浮かれた。ジャパン・アズ・ナンバーワンなどといわれてその気になって、みんなが金に走った。反対に失われていったものは、文化、日本古来の美意識である。一度失われたものは取り返せない。金儲けに走ったしっぺ返しは、倍返し、三倍返しで待っていた。異常に儲かったものは反動がくる。バブル崩壊である。いい気になってバブルに走ったものはバブル崩壊の憂き目に遭い、私の友人の一人もあれだけ良かった羽振りはどこへ。身を隠し、借金取りから逃げ隠れして生涯を過ごさねばならなくなった。

エピキュリアンのすすめ

先日、パリに住む友人から電話がきた。フランス人に柔道を教えるためパリに渡り、パリジェンヌに惚れられ結婚、娘二人がいる日本男子だ。

一時コロナでロックダウンに近かったが、徐々にシャンゼリゼ通りのカフェも賑《にぎ》わいを取り戻し、遅ればせながらヴァカンスに出かけ始めた。

彼らにとってヴァカンスは一番大切なもの。そのために仕事をしているというう。毎年どこかの土地へ出かけて長期滞在し、リフレッシュした体と心で戻ってくる。少なくても二週間、長くて二カ月、旅行ではなく生活なのだ。それも自分の暮らしに合った所へ出かける。金持ちは金持ちの集まる場所へ金のない人もそれなりの場所に出かけて楽しむことを知っている。

フランス人もキューバ人と同じラテン民族である。彼らは快楽を決して犠牲にしない。金のあるなしは問題ではないのだ。楽しむために働く。快楽や文化があってこその金だ。

金を使う術《すべ》を身につけている。

金だけが独り歩きをする世界など、考えただけでぞっとする。

金などなくても楽しむコツを身につけておけば、キューバの人々のように踊れる。フランス人のようにヴァカンスを楽しめる。

考えてみるとフランスも教育費はキューバと同じタダで、医療費も国民皆保険制度を採用していて、かかりつけ医は無料である。その意味で、社会主義国なのだそうだ。

エピキュリアンという言葉がある。享楽主義者と訳されあまりいいイメージが日本にはないが、欧米では生活を楽しむ言葉として知られている。

日本でも江戸時代という時代は、それぞれ富める者も貧しい者も楽しむコツを知っていた。

だからこそ、日本独得の、フランス絵画にまで影響を与える浮世絵や、歌舞伎、落語など多くの文化を生んだのだ。

食べ物だって今、日本の五本の指に入るすし、うなぎ、てんぷらなど、みな江戸時代にできたものである。特にすし、今のにぎりは「早ずし」といって握った飯に生魚をのせるだけのファストフードとしてはやった。

庶民の生活を知るには、古典落語にその例を数多く見る。

熊さん、八っつぁんの長屋の衆が主人公である。

そして横町の御隠居さんが出てくる。

長屋の衆は、金がない。

「江戸っ子は宵越しの金は持たねえ」と粋がってその日暮らしだが、毎日楽しく暮らしている。

「長屋の花見」という落語には、その長屋の衆が花見に行く様が描かれている。酒の代わりに水やお湯、卵焼きのかわりにタクアンといった具合だが、みんな心意気で盛り上げる。

「寝床」では浄瑠璃を語りたがる横町の御隠居が、あまりの下手さに誰も聞かないので、食事で釣って無理矢理聞かせる話。

「芝浜」は夫婦の人情噺《ばなし》でその時代が生き生きと写し出されている。決して金はなかったし、身分制度がある中で、庶民は自分たちの美を生み出した。

金がなければ楽しくないわけではない。いくら大金に囲まれていても、自分で面白がったり楽しんだりする気持ちがなければ、豊かにはならない。

コロナの時期、どう過ごしたかによって大きく二つに分かれると思う。遊びに行けない、楽しめないと文句ばっかり言って過ごしていた人は、四連休（二〇二〇年九月）になって一斉に旅に出た。

各地の繁華街は元通り人出が戻り、東名をはじめ高速道路は三〇キロ以上の渋滞が深夜まで続いた。

人と同調して出かけ、人と同じことをして楽しいと感じる。金も人と同様に必要であり、ＧｏＴｏキャンペーンには出かけねばならない。

一方、その間自分と対話した人は大きな成果を得た。大坂なおみしかり、藤井聡太しかりである。

孤独と付き合って得た幸福

健康な人はほんとうの健康を知らない。病んだことのある人は、健康を知っている。健康とは、失って初めて気が付くものだからだ。

私は多分健康を知っている。というのは、小学校の二年と三年を、結核で家に隔離されていたからだ。

学校で行ったツベルクリン反応は大きく赤くはれ上がった。微熱もあった。医者から初期の肺結核である肺門リンパ腺炎と診断された。初期なので療養所行きは避けられたが、後にその話を知人の医者に話すと、「それは立派な肺結核ですよ。初期かどうか?」と、疑問を投げかけられた。

その頃、結核は下手をすると死病であり、前夫を肺結核で失っている母は、再びわが子を襲った病にショックを受けたらしい。

まだストレプトマイシンなどの特効薬が日本で生産される前で、栄養を取って空気のいいところで安静にしているしか方法がなかった。

ちょうど太平洋戦争の最中で、都会では疎開が始まり、軍人だった父の転勤先は大阪の八尾市にある陸軍の大正飛行場だった。その近くの将校住宅に住んでいた私は、病気で学童疎開は無理なので縁故をたどって疎開していた。

父の知人である実業家の紹介で、奈良県の信貴山縁起《えんぎ》絵巻で名高い信貴山 朝《ちょう》護孫子寺《ごそんしじ》の参道にある三楽荘(現・信貴山観光ホテル)の離れに疎開することになった。そこの八畳間を与えられ、ベッド代わりに家にあったピンポン台の上に布団を敷いて、そこが私の居場所だった。

道を挟んで向かいに陸軍病院として借り上げられた柿本家という老舗旅館から、軍医が一日おきに診察にきた。父が軍人だったせいだろう。

私は、朝、昼、三時、夜の四回熱を測り、熱計グラフを軍医に見せる。看護係の軍曹がきつく左手を縛り上げ、静脈を浮かせ「ヤトコニン」という名の注射をする。効いたのか効かないのか、それが日課で、私の左手の静脈はおかげで固くなり、今でも血管に針が入らない。

私の友だちといえば、隣の部屋に疎開させた画家志望だった父の画集や『みづゑ』などの雑誌、それに数多くの小説本だった。夏目漱石はじめ芥川龍之介や太宰治などなど、意味もわからずめくっていた。

同じ年ぐらいの子どもの友だちはなく、移籍のため一度だけ訪れた山の分校では帰り道、蛇を指に巻きつけた男の子に追いかけられて、二度と行かなかった。

向かいの陸軍病院は軽症患者が多く、白衣の兵がよく遊びに来た。若い彼らが時に話し相手になり、調子のいい日には散歩に誘ってくれた。

一番身近にいた動物はクモ。畳の上をはい、柱に登り、廊下や軒に見事な網を張って見せてくれた。夕立などで水滴が付いた時の美しさ！　ほれぼれとその作品を眺めるのが楽しかった。

姿を隠し、獲物のかかるのを待つ。微《かす》かな揺れにも反応し、どこから現れたのか目にもとまらぬ速さで捕らえる、その見事な技に感嘆した。

私の唯一大切な友であるクモから、私は待つことを学んだ。

結核という病は、痛くもかゆくもない。ただ時間がかかる。微熱があり、いつもその中に浮いている状態が嫌ではなかった。

天井板は天気によって色や模様が変わる。熱のある時は、一羽の白いサギのような鳥と、胃壁のようなものとが交互に押し寄せ、私を息苦しくさせたが、あとは優雅に自分と付き合っていられた。別に寂しくもなく、不幸でもなかった。

周りの人たちから見たら可哀そうな子どもだったかもしれないが、私自身はむしろ「選ばれてあることの恍惚《こうこつ》と不安と二つ我にあり」(ヴェルレーヌ)の心境で、外で遊んでいる子どもたちの声が聞こえてくると、その無邪気さを哀れんでいた。

日本は戦争に負け、父は公職追放になり、職にも就けず、私にとっては落ちた偶像になる。母は趣味の着物をコメに換えるために農家を回った。

向かいの陸軍病院から白衣の兵の姿が消え、八月一五日を境にわが家は天から地へ。一家で山を下りて、元いた将校住宅へ戻り、学校へ行くことになる。

もはや私を特別扱いする人はおらず、皆食べるのみに必死だった時代、誰も面倒を見てくれなくなったら、私の病気は治ってしまった。

ということは、多分に過保護病であり、ぜいたく病ともいわれた結核は貧しい暮らしの中で影をひそめ、私は無事学校に戻ることができた。

二年間、全く学校に行っていないのだから二年遅れて当然に思えたが、できればそれは避けたいと思っていたら、先生のほうから言われた。

「ほとんどの生徒が学童疎開で勉強などしていない。だから一年も遅れなくともそのまま上に進んでいい」と。

多分、戦後の混乱で、学校も先生も落ち着かなかったのだろう。おかげで私は他の健康だった子どもたちと一緒に再び机を並べることになったのである。

あれはなんだったのかと今でも思う。なぜ戦後の混乱とともに治ってしまったのか。思うに、小学三年生ではあったが、大人たちの右往左往ぶりを見て、今までのように頼ってはいけない。病に甘えていてはいけない。誰も構ってくれないから、これからは自分の身は自分で見なければならないのだ、とどこかで悟ったのだろう。

耳を澄ませば寝たきりの心配無用

病は気からというが、私の病気は多分に気の部分が大きかったのだろう。その証拠に、私は病気がその頃、嫌いではなかった。熱があるとほっとした。いつも特別扱いされて、チヤホヤする大人に甘えていればいい。医者は微熱の下がらぬのを心配して肋膜《ろくまく》を疑い、背中から水を抜かねばならぬかもしれぬと言った。憂鬱でそれは避けたいと思っていたら、戦況は悪化の一途、本土決戦まででささやかれ、やがて敗戦という終わりを迎え、私の環境が一変した。

そのことが病気に作用したのか、多分に気の部分があることは、否定できない。

学校に戻ったといっても、母は事情を先生に話し、体育の時間はほとんどが見学であり、夏休みにみんなで訪れる臨海学校などは欠席させられた。

そのせいで私はいまだに泳げないし、自転車に乗れない。子どもたちが自然に学ぶ事柄は、私の体の外を素通りしていった。

自転車は近所の男の子たちの協力で学んでいる最中、ドブ川に落ち、そのドブネズミぶりがあまりに哀れで二度と乗らないと決めた。皮肉なもので自転車に乗れない私が、六〇代で日本自転車振興会（現・ＪＫＡ）の会長を務めることになるのだが。

あの二年間、孤独だったが楽しかったなどと言っているが、それはやせ我慢で、自分の置かれた時を肯定するために考え出した理屈でもあった。

知人の医療関係者も二年前、白血病になり、骨髄移植によって命を取り留め、今は元の職場に復帰したが、一時帰宅ののち、再入院になり、やっと退院になった時、病院を振り返り、二度とこの門は潜《くぐ》らないと誓ったという気持ちがよくわかる。

私も二度と結核と診断され、寝たきりの生活は送りたくないと決意した。病むことを知ったからこそ、健康のありがたさに気付いた。

それ以後、私は敏感になった。いつも自分の内部に耳を澄ませている。心と体と両方である。心の中のことには、ストレスを溜めないよう無理をしない。孤独と付き合ったおかげで心のストレスの大半は、他人との付き合いにあると悟る。

人それぞれ違いがあり、それが個性なのだから他人と同じことをしない。自分にそぐわないものは、柳に風と受け流せる流儀を身につけた。最初は変人扱いもされたが、それが私だと知れると、むしろ認められ意見を求められることが多くなった。他人に合わせているとずっとそれを強いられる。私は病のおかげで一人でも毅然《きぜん》としていられる方法を身につけることができた。

心と同様、体の声を聞くことも大事だ。もう二度と床に就きたくないと思うから、いつも体の隅々まで耳を澄ましている。

そしてちょっとおかしいと思ったら、まず自分で手当て、次に信頼している中国人の鍼灸《しんきゅう》師で西洋医学を学んだ女性の意見を聞き、体を冷やさず免疫力を付け、未病のうちに予防し、医者に行くのは最後である。

なにしろ子どもの頃、医者浸りであり、父もまた薬好きときている。母は結婚した時、薬箱にいっぱいの父の薬に驚いたそうで、薬の飲み合わせの事故で胃の洗浄もしている父も見ているので、私は最低限の薬に抑えている。

若い頃偏頭痛で苦しめられたが、血圧の調節ですっかり消えてしまった。気を付けているせいか、今のところ内臓の疾患は少ない。

人を束縛せず生きる

日頃からできることとして、よく眠ること。夜型のくせがついているので、朝は遅い。十時か十一時にブランチ。この時はヴェランダで東南からの陽《ひ》を浴びる。真冬でも日だまりの気持ち良さ、新聞二紙を読み終え、食後、仕事にかかる。原稿なら夜七時頃まで。途中、散歩したり、お茶の時間、外出や取材もできるだけその間にして、夜は遊びの時間である。一人で音楽を聴いたり本を読んだり、外食したり、オペラを見たり。

つれあいは部屋も別。それぞれ一人の時間を楽しみ、一緒の時は食事が主だが、これは料理が趣味のつれあいが主に作る。勝手に過ごし、相手を束縛しないようにするのが健康のもとである。

もう一つ、私の秘訣《ひけつ》は仕事である。小学三年生の時、大人は当てにならない、自分で自分は食べさせると思い、大学を出て就職し、独立してからも、自分一人は食べさせてきたし、このまま最後までいけそうである。仕事は私の姿勢を正してくれる。仕事をしている、つまり自己表現の手段を持っているからなんとか元気なのだ。

仕事をしていなかったらどうしようもない女になっただろうと思うから、できる限り休まない。母が亡くなった時、講演を代わってもらった以外、少しぐらい調子が悪くても普通どおりにすごす。仕事をしているうちに治ってしまうこともしばしば。私にとってはなくてはならぬもの。3・11の年から三年間、毎年骨折した時も、車椅子で仕事は一度も休んだことはない。

かえって健康に気を付け過ぎている人のほうが危ない。前出の白血病の知人も食物に気を付けすぎたせいだったり、健康オタク、清潔オタク、日本人は極端だと中国人の女医は言う。それより免疫力を付けること。自分の治る力を信じること。今年、腰をひねった時も、肋骨を折った時も、時が自然に治してくれた。時間薬と自分の回復力を信じてやりたい。

週一でジムにも行くが、一度も休まず体を動かしている友人のほうが早死にする例が多い。多分やらねばならないというストレスからくるのだろう。もっと自分本位に自由にやれる時にやるというふうに、心も体も解放してやりたい。

かつて故・日野原重明先生と二人で講演に行った際、車の中で看護師に電話で指示し、会場で講演し、合唱を指揮し、自分も歌い、楽しまれる様子に感銘を受けた。

「医療が進み、機械が精密になるほど、多く病気がみつかる。検査は必要になった時にすればいいのです」と、ご自分もそれを貫いておられた。

サプリや薬より睡眠で免疫力を

クロツグミが死んだ。窓ガラスに頭をぶつけ脳しんとうを起こしヴェランダで動かなくなった。軽井沢の山荘ではよくこうしたことがあった。クロツグミは、夏鳥で、冬を暖かい東南アジアで過ごし、四月の終わりから五月にかけて日本へ渡ってくる。うっかり素通しのガラスにぶつかっても普通は脳しんとうで、しばらくしたら飛び去るのだが、その時に限っていつまでも起きてこない。気が付いた時は、冷たくなっていた。山吹の花の下に丁重に葬った。

クロツグミの死を契機として急に鳥が少なくなった気がする。一五年ほど前だろうか、渡りの鳥たちが庭で餌をついばんだり、水浴びをしたりしたのが、とんと見られなくなった。赤い帽子をかぶったアカゲラ、コゲラ、アオゲラ。ヤマガラ、シジュウカラ、エナガなどのいわゆる留鳥、ルリ色の羽の美しいオオルリ、コルリなどはいるが、日本はもう渡りの鳥たちにとって天国ではなくなったのか。

毎年五月に鳥見の会を山荘で開いていたが、二〇二〇年はコロナのせいで中止になった。

新型コロナウイルスのまん延によって、私たちは改めて健康とは何かを考えざるをえなくなっている。

日頃から日本人は神経質と思えるほどに健康に気を付け、ジムに通い、筋肉を付け、皇居のまわりをジョギングしている。みんながマスクをして走っているのは、ちょっと不思議な光景だ。もう健康オタクといってもいいかもしれない。栄養に気を付け、サプリメントなど数知れず、テレビや新聞などで効用が知らされると飲んでみたくなる。実際にそれらを全部飲んだら、薬ともども重複して体がどうなってしまうか心配になるが。

日本人は真面目だから飲み始めたら、なかなかやめられない。おまけに他人からすすめられると断りにくいために薬漬けになったりサプリ漬けになったり。私はできるだけその種のものは飲まない。

本来私も父に似て薬嫌いではなかったが、ぷっつり飲まなくなった。

日頃からサプリや薬漬けになっているといざという時に効かない。人間が本来持っている免疫をもそこなってしまうので、鍼灸などで免疫力を付けるほうを大事にしている。

健康の目安は「快さ」

今回のコロナ騒動ほど免疫力が問題になったことはない。免疫力が高ければ、そもそもウイルスに狙われたり、重症化したりすることは少ないという。

私が健康で気を付けているのは、自分自身の免疫力を高めておくこと。そのために栄養と睡眠は欠かせない。特に睡眠は、よく寝た翌日は再生した気分になるので、削ることをしない。削ったら、できればその日のうちに昼寝で足しておく。

私の知人で、かつて体操の専門家だった女性は、一日四時間しか寝ないといっていたが、早くに亡くなってしまったし、常に何か体を動かし運動をしていないと気のすまない人ほど短命である。

それは自分で作り上げたメニューどおりに毎日やらないとストレスになり、それも他人の言うことを参考にマニュアルどおりにことを運ぶ、それがストレスにならないわけがない。

みんなが健康神話に凝り固まって動きがとれない。その土台となる自分の体や心を忘れて、我が身を神話の主人公にする。

どだい最初から無理があるのだ。

そこへ未知のウイルスの襲来！　見事に健康神話は崩れ去る。それればかりではない。

日常生活までがすべて崩壊する。いかに私たちが日頃暮らしていた社会がぜい弱で、何かことがあるとあっという間にもろくもついえてしまうものかがよくわかった。

砂上の楼閣というけれど、私たちが信じて毎日を過ごしてきたものは、砂の上の城でしかなかったことが明らかになった。

かくなる上は、とにもかくにも自分流の健康法を確立しなければならない。

目安は快さである。何を快いと感じるか。私は、軽井沢の山荘のヴェランダに我が身を預けている時が一番快い。明治時代宣教師たちの開いた頃からの高い落葉松《からまつ》の梢《こずえ》の上を風が渡る。久しぶりに風の音を聞く。雨の日は、朝から空気の中に雨の匂いがする。かつて日本人が木造の家に住んでいた頃、風の音も雨の匂いも日常茶飯事だった。

夏の夕、夕立が上がる合図は鳥たちの鳴き声だ。彼らはいち早くそれを察知する。人間もかつてはそうした五感を持っていた。特に日本人の感受性は自然と共にあり、鋭く磨かれていた。

木、障子など自然素材でできた家には縁（廊下）がめぐらされ、人と人とがあいさつを交わし、庭の四季折々の花をめで、満月にはすすきや団子をそなえた。

厚い壁で自然を遮断する西洋の家とは反対に、自然を家の中に取り入れて愉《たの》しんだ。

コロナで自然は健康を取り戻した

都心などではそんなことは望めないが、そのかわりスニーカーでちょっと外に出てみれば、五月の風は爽やかで、人気のない町を歩いてみるとさまざまな発見がある。

葉桜がアメリカハナミズキに変わり、私の大好きな山吹が入り口に咲き乱れた玄関に、飼い犬が寝そべっている。その家と家の隙間《すきま》から夕陽が射し込んでいる。その美しさ！　気が付くと向かいのビルにも夕陽が……。東側だから夕陽は射さないはずだが、ビルのガラスに反映しているのだ。

気が向くと私は散歩に出る。一〇分でも二〇分でも。行きと帰りは違う道を通り、昨日と今日は曲がり角を変える。

それだけで新しい発見があり、この時期、緑はあっというまに濃くなり早紫陽花《あじさい》が顔をのぞかせている。

最近は足を止めて写メをし、記録に留めることもする。スマホだけはズボンのポケットに入れてある。

私の住む広尾のマンションへ駅から坂を上ってくると小公園がある。ここで猫と友だちになった。いわゆる地域猫で何人かの猫好きの住人が餌をやり、猫と一緒に散歩をする。その人たちとも友だちになった。学校の帰りに必ず猫に会い悩みを聞いてもらっていた中学生の女の子がいた。その子ももう大学を出て仕事をしている。

マンションは建って三〇年以上も経ち、住人はほとんど変わらない。高層ビルではなく低層階の緑の多いマンションである。我が家のリビングの外の欅《けやき》の木もすっかり大きくなり枝と枝が重なって、三階の我が家は木の間に住んでいるようだ。

崖の下の学校から聞こえる子どもの声も消え、やがて夕焼けが闇に沈んで灯が輝き出すまでの一番好きな時を、一人でぼんやりと過ごす。私の至福の刻《とき》。

自粛、自粛といわれて縮んでいるよりも自分で楽しむことを見つけようではないか。

そうすれば、自然に体も心も健康になる。わざわざジムへ行って体をきたえなくても今という時期を愉しむコツを見つけることこそ健康のもとではないか。

健康はどこかで売っているものでも、簡単に買うことができるものでもない。私にしかない、自分自身の心と体を快くさせてやる術を身につけることなのだ。

他人に邪魔されることもなく、足の向くまま気の向くまま、散歩に出てもいいし、一人で好きなように過ごしてみよう。

その中で気付くことがあるはずだ。

自分を知る……。なかなかそんなチャンスは訪れない。

ほんとうは一番知っていると思っていて知らないのは自分自身である。

自分の心や体を知らないで、健康は手には入らない。

外界にわずらわされることなく、ソーシャルディスタンスを思う存分とって自分の中へ沈潜してみてはいかがだろうか。

ふだん目を向けない自分のすみずみまで、心のありよう、感情の動き、私をもっと愛してやるチャンスではないか。

コロナと闘うなどと息まくよりも、むしろ裏をかいて、このコロナで訪れた貴重な時間を存分に使い切ってやろう。

もともとウイルスは、動物などの体にいたが、地球上で森林が減り、水や空気が汚れ、気候変動が起きることでその動物が居場所をなくしたので、人間に襲いかかってきた一面もある。

その意味で、地球環境を破壊した人間への反逆ともいえるだろうか。

自然の回復力は速い。今回コロナで都市がロックダウンされ、人の動きが減ったただけでずいぶん変わったといわれる。

中国では年中スモッグのかかったような空がくっきりとした青空を取り戻したともいうし、イタリアでは、ヴェネチアの生活廃水で汚れた運河が澄んで魚の影が見えたともいう。

皮肉にもコロナによって自然は健康を取り戻したのだ。

たしかに日本の空も大都市東京の空気もいつもの五月よりすがすがしい。

人と人が接することが少ないから、ストレスのもとであった人との接触もかえって懐かしく、人恋しい気分になる。

オンラインで飲み会をやった知人が言っていた。「なかなか新鮮で良かったよ」

軽井沢在住の友人は「今年は鳥が増えたみたい」と教えてくれた。

注　辻政信　一九〇二年石川県生まれ。ノモンハン、マレー、ビルマ作戦などを指揮。敗戦直後、日中連携を企図して数年間、東南アジアや中国大陸を潜行。一九六一年に参議院議員として再び東南アジアに向かったが、ラオス付近で行方不明になった。

第三章

家族という「役割」に疲弊しない

家族で暮らしてこそ試される自立

「鉄は熱いうちに打て」という諺《ことわざ》は、男女の仲にも通用する。一諸に暮らすことにした男女なら絶対条件である。

何冊も私の本を手がけてくれた女性編集者が結婚して地方に住み、仕事のために上京してきて言っていた。

最初が肝心と私から言われていたのに、うっかりしているうちに、夫婦のトリセツを間違ったというのだ。

最初はお互いに相手によければと、少しずつ自分の行動を譲っているうちに、すっかりそれが当たり前になっていた。例えば、一人暮らしの時には、掃除、洗濯、料理もこなしていたのに、結婚したとたんに押し付けてくる。まるで家事は女の仕事と言わんばかりに。以前はいろいろ手伝ってくれたのに、釣った魚に餌はやらないとはよく言ったものである。

女のほうも愛情表現と錯覚して、ついついやってあげたくなって手を出す。それがいつの間にか習い性となって、当たり前になって、やらないと文句が出る。そんなはずではないと、ささいなことからけんかが絶えないのだという。最初から私の生き方はこうなのよとはっきりさせておかないと、気が付くととんでもないことになっている。「何事も最初が肝心」と、私は繰り返し言っていたのだ。

それは何も女のためだけに言っているのではない。折角一人暮らしで自立していた男の能力まで奪ってしまい、挙げ句の果てには、年を取って女がいないと何もできない情けない男を生んでしまうのだ。

男のためにも女のためにも一緒に暮らすことは、自立の試金石である。

一人暮らしで自立せざるを得ないのは当たり前のことだが、二人で暮らしてこそ初めて自立が試される。

二人暮らしで男も女も自立できるかどうか、そこが大切なのだ。

夫婦は水くさくあれ

我が家のケースをお話ししてみよう。私は一生に一度という大恋愛も、その挙げ句に失恋も経験し、恋することの大切さはわかっているが、他人と生活するなど全く自信がなかった。従って結婚願望などなく、大恋愛の相手とは生活レベルに結論づけることはできなかった。

その恋が終わってしばらくして、今のつれあいと暮らすことになるのだが、その理由は私がもっとも苦手で逃げまわっていた生活が、ほんとうは大切なのかもと、私自身が感じる瞬間があったからだ。

以前から飲み仲間だった彼の家に遊びに行った時、台所へ立って俎板《まないた》の上でトントンと器用に野菜を刻む後ろ姿を見ていて、ふと気付いたのだ。

そうか、私の忌み嫌っていた生活とは、全ての土台かもしれないと。面と向かって言われたら、私のことだから反発しただろうが、黙って後ろ姿で示されて、私自身が感じたことだったので素直に納得できた。

「一緒に暮らす」については、できるだけさり気なく、あらゆる手続きをやめてつれあいが、自分の荷物を持って私の家に引っ越してきただけだ。式も旅行も何もしない。指輪やら何やら必要なし、引っ越してきた日に、ジーンズに突っかけというラフな格好で、それまで散歩することのあった我が家近辺の神社仏閣に一〇〇円ずつお賽銭《さいせん》を入れて歩いただけ。いつもは一〇円だったのを奮発したのだ。近所の神仏にご挨拶《あいさつ》することは、もっとも古式ゆかしいと思ったからだ。

我が家では、母手作りの五目ずしなどで乾杯。以上、終わりである。ごく一部の友人知人には後に葉書を出した。皆様におひろめするほど大したことではなかったからだ。届けなど出すつもりもなかったが、相手が外国勤務が長く、事務手続きをなんとかしてくれと会社から何度も言われて、ついに籍とやらは入れることになってしまったが……。

特派員生活の間はずっと別居だったのが、それが終わって都心のマンションに暮らすようになって、別に相談したわけではないが、家事は得意なものをやると自然に決まってきた。

食事は、料理が趣味のつれあいが作る。私は、そのまわりの皿やら道具やらテーブルセッティングが好きなので、旅先で買ったものを取り合わせるのが楽しい。掃除、洗濯は気になったほうが。週一回で人に頼むこともある。

お互い仕事が忙しいが、決して仕事には口を出さない。自分たちの時間は大切にするが、その他のプライベートなことにもほとんど口をはさまない。それはあくまでつれあいのことであって、私のことではない。たまたま一緒に暮らしているが、独立した人間であり、その意味では他人である。家族ももとはといえばそれぞれの個でしかないから、その部分は尊重して決して侵さない。それが暗黙の了解である。

できるだけ水くさくありたいというのがモットーで、気が付いたら四五年以上経っていた。余計に入り込まない、興味を持たず重なる部分だけ大事にしてきたせいだと思う。これから先はわからないが。

人間関係は上がったり、下がったり

そんな私たちの間にも「これはまずい」と思うことがあった。

つれあいが五〇歳前後だったと思うが、年末お互いに時間が空いて、知り合いのエージェントがあまりすすめるのでもともと興味のないハワイのマウイ島へ五泊ぐらいで出かけたとたん、つれあいが盲腸から腹膜炎で即入院手術、一カ月後に看護師付きで帰国したはいいが、やせ衰えて仕事もできず、仕方なく私が食事を作ることも増えた。片方が健康でない時は、助け合うのが当たり前だと思ったからだ。

それから一年、ようやく体調も恢復《かいふく》してきたが、一向に料理に関心も示さず手を出さなくなった。

赴任先のエジプトで半年私が滞在した時も、支局に置いてもらったからと少し日頃やらない家事に手を出したら、「こいつもやるんだ」とばかり、折角できるのにだんだん家事から手を引くようになった。

これはまずい。折角自立できていた男の才能を奪ってはならないと、徐々に私が手を出さないことにした。日本に戻って私が忙しくなってからは、元どおりにすると宣言したら、再び料理の才能に目覚めたようだった。

今では私がこの数年執筆に追われていて、最後に勤めた大学で教える仕事を卒業したつれあいが、家にいれば朝昼晩と献立をたて買物に行き、料理する。楽しみでもあり、今や自己表現の手段でもある。

私は懸命に仕事をして、つれあいが自分の食べたいものを作るのを、そばから食べさせてもらっている。

私には彼の才能の芽をつむ権利はないから、上手に食べる。次にも作ろうという気をなくさないように。ここではある程度トリセツの技巧は必要になる。

男と女の間はシーソーゲームである。片方が重すぎるとシーソーは下がりっぱなし、片方は上がりっぱなし、一人が手を出しすぎれば、相手は何もしなくなる。それは当然のことだろう。

常に上手に平衡を保ち、上がったり下がったり均衡が保てるように知恵を働かせねばうまくはいかない。何も夫婦の間だけではない。恋人同士であろうと、友だちであろうと、同じことが言えると思う。

男と女の間は常に流動的なのである。何が起こるかわからないし、人の心も変動する。

その中でコミュニケーションを保っていくことは至難の業だが、自分と縁のある好意の持てる相手とは、シーソーを上手に乗りこなしたい。

そのためのトリセツは確かに必要かもしれない。しかし十人十色。ある人に心地よい言葉がある人にとっては歯の浮くようなお世辞にしか聞こえないことだってある。

男と女のトリセツは普遍的なものなど多分ない。自分をよく知り、相手をよく知ることからしか何も始まらない。

言いかえれば男と女というより、個々のトリセツに行きつくしかない気がする。

私たちは意外に自分のことも親しい相手のことも知っているつもりで知らないのだ。

例えば、家族のことなど近くにいる人ほど気が付かない。

相手への「思わぬ発見」を楽しむ

長く一緒に暮らしてきた男と女、夫婦の間でも思わぬ発見があることがある。全く無趣味と思ってきた人に、好きなものが見つかったり、こんな所があったのかと驚かされることがある。

それは定年後、自由な時間が増えて男も女も何かやりたかったことを始めて「へえ!」という場合が多い。

我が家でいえば、六〇歳過ぎたあたりからだろうか、つれあいが鎌倉までお茶を習いに通い出した。まさに「へえ!」である。

男のお茶は女のお稽古ごとと違ってなかなかおしゃれで、袴《はかま》まで新調してのめり込んでいる。

女だけでなく男も多く、陶芸家やら画家やら会話も楽しいらしい。焼きものや年代ものの軸など、見る目も深くなる。

その延長で、絵もよく見に行くようになった。

自己流の花も活《い》けている。この人にこんな趣味があったなんて！

そこでそれをほめるというテクニックが必要になってくる。

同様に、男から見て今まで社会的な出来事に関心を示さなかった妻が、テレビで見る事件や出来事に意見をのべる。「桜を見る会」の事件をきっかけに政治への関心も示す。そうした時に夫婦のトリセツが大いに効力を発揮するに違いない。

そしてもう一つ大切なのは世代を超えて今話ができるかどうかだ。

私は仕事柄、多くの若い男性と話をする機会がある。その中で感性の近さを認め合うよき友人になる場合がある。

その人との会話は楽しい。それを夫と妻が認め合うこと、若い友人と恋もどきがそこに生まれたとしても当然だ。それがひょんなことに発展しても、それはそれで仕方ない。

家族という「役割」に疲弊しない

最初にお断りしておきたい。私に子どもはいない。正確に言うと私の産んだ子どもはいない。できなかったのではなく、意識的に作らなかったのだ。その理由は長くなるから省くとして、子どもがいないから、親になったことがないわけだ。

そんな人が親子のトリセツなどわかるわけはないと言われるかもしれない。

そんなことはない。なぜなら、私は、子どもだったことはあるからだ。

子どもや親の問題を考える時、私は、私が子どもだった時、と考えることにしている。子どもだった時、親に対して、社会に対してどう思っていたか。どんなことが嬉しくてどんなことが嫌だったか。想像をたくましくする。

遠い昔のことなので憶えていないとお思いかもしれないが、はっきり細部まで、自分にとって大切なことは忘れていない。いやむしろ、大人になってからのことのほうが過ぎたこととして消えているのに比べて、子どもの時の感情や思考はそのまま変わっていない。

進歩がない気もするが、進歩と錯覚しているものは、知恵や知識や技術的なものであって、そのもとになる感情や感覚は、全て子どもの頃に起因している。だから私が子どもだった時、と考えることは、私が私だった時、私がもっとも私らしかった時に戻るということだ。親子のトリセツも、私の場合、私が子どもだった時、という時点に立っていることをお許しいただきたい。

私は、子どもだったもっとも私らしい時があった以上、親子のトリセツについて書くことが不適当とは思わない。むしろ、親である人、子どもを持っている人以上に第三者として発言してもいい気がしている。

「子どももいないのに、どうして親子の気持ちがわかるの?」

と、単純な条件のみで物を言う人には、いないからこそ客観的に見ることができると申し上げておこう。

親子という家族関係で物事を捉えていると、その枠から出られなくなる。個人としてのつながりというより役割で考えてしまうから、親対子という構図の中にはめ込まれがちになる。

子どものトリセツを考えるにも、子どもの立場を想像するより、親の立場としてどうすべきかが気にかかる。

まわりを見渡してお手本はいないか、母親の立場、父親の立場はどうあるべきかなどと、最大公約数の答えを欲しがってしまう。

その結果、他人の家とそっくり、親とは子どもに対してこうあるべきだという考えに捉われてしまう。

子どもも一〇〇人いれば一〇〇人とも違い、双子であろうとも生まれて間もなく性格も、風貌も違いがある。親にもまた一〇〇人いれば、一〇〇とおりの違いがある。従って、普遍的な親子のトリセツなどあるわけはなく、それぞれの違いがあってこそそのトリセツとおもしろさがある。

子どもの発想の全てをおもしろがろう

しかし、そうは言っても、生まれて間もない子どもは、生きていく知恵も、何が必要で何が不要なのかも、何も知らない。それを少しずつ躾《しつ》けて人間としての第一歩、土台を作っていくのが親のしなければならない最低限のことだから、多くの親はそのことに夢中になる。そして自分が善と思う型に子どもをはめようとする。

親にとっていい子とは、先生にとっていい子とは、親や先生の価値基準にうまくはまってくれる手間のかからない子という意味で、子どもの可能性をのばすこととは全く違う。

子どもの幼児期、まず三歳、そして五歳くらいまで躾けなければならないのは、できるだけ少ないにこしたことはない。

あとはできるだけ自由に、といっても、その限度がわからないから、親は何をしていいのか悩んでしまい、育児ノイローゼにかかったりしてしまう。

そして子どもを叱ったり口うるさく言って自分の善と思う方向に連れていこ

うとする。

なぜもっとみんなおもしろがらないのだろう。子どものすること考えること、発想全てが私にとっては興味津々だ。

私には子どもはいないが、子どもは大好きだ。なぜなら私は私の子どもの頃を愛しているから。

夏を過ごす軽井沢に、子どもたちが遊びにくる。仕事上の付き合いのある編集者の夫妻は必ずといっていいほど、子ども連れで来てくれる。同じ敷地に私たちが過ごす山荘と友人知人が勝手に使ってくれる小さな家があって自由に遊べる。

その子どもと遊んだり観察していると実に楽しい。駅まで迎えに行ったら、私の顔を見るなり泣き出す子がいたり、ニコッと笑いかけてくれる子もいる。

そのどちらもおもしろくて、家の中へ入るなり自分の椅子を決め（私は椅子が好きでさまざまな椅子があるので）、それに他の人が座ろうものなら大声で「ダメ！」と主張する子、軒端で東京で見たこともないクモの巣を見つけて、夕立の水滴を「キレイ！」といつまでも見つめて飽きない子。都会育ちのくせに昆虫大好きで、蛇やトカゲを見つけて追いまわしたり、揚げ句、その巣をつきとめ、再び出てくるまで根気よく待っている子、そのどれもがすばらしい。母親は一緒になって行動する私たちを気遣って注意するが、おもしろがっているのは私たちだ。

すっかり忘れている感覚を取り戻し、いつまでも一緒に遊んでいたい。私の所へくる親子は、必要以上に気を遣わないから、子どももものびのびと本来の姿を見せてくれる。

そのたびにこのまま大きくなってくれよと祈るような気持ちになる。テレビカメラの質問に要領よく答えるひねこびた子どもにだけはならないで！　大人そっくりの喋り方をする子が多くて、思わず苦笑することがあまりにも多すぎる昨今だ。

「反抗」が子どもを形作る

自分に子どもがいないから、そんな無責任なことが言えると言われそうだが、そのとおりで、私は親子という関係で子どもと付き合いたくないから、無責任におもしろがるほうを取ったのだ。私も自分がもし、いわゆる親子という関係で対さなければいけなかったらどうなるか、自信はない。

むしろ、「暁子命」ではた目にも異常なほど私に愛情を注いだ私の母と同じにならないとは言えない。

そうした危惧が、私が自分の子どもを持ちたくなかった理由の一つである。

その母の愛情なるものが、私にとってはどんなにしんどいものだったか。おまけに小学校の二年間結核にかかった私を気遣って、あれをしてはダメ、これは危険とさまざまなチャンスが遠ざけられるたびに、反抗的になった。

中学、高校時代は母の生き方にまで疑問を持って、「あなたの生き方は間違ってる。父という男に従って自分の才能に気付いていない。私は、自分で生きていくから」と母を前に座らせて説教することもあったくらいの反抗児だった。父には絵描きになりたかったのを諦め軍人という正反対な職業についたことへの反発。こちらは無視を通して道で出会うと、横道に私がそれて顔を合わさなくなり、高校の進学校が遠いのを理由に家を出て知人の家に行くことにした。全く手のつけられない反抗児だったその頃の私が懐かしい。

それは個の目覚めであり、まず目の前に立ちはだかる親の考え方を突破しなければならなかった。

学校でも、それほど勉強での苦労はなかったが、人とうまく付き合えず、自分には似合わないという理由で一人だけ自分でデザインした制服で通ってみたり、いつも「協調性がない」と書かれていた気がする。

しかし、無理に他人に協調したり、いい子であろうと思われようとせず、ちょっと不良っぽく枠を外して生きてきたからこそ、今も仕事ができている気がする。

子どもが親や大人に反抗するのは、目の前の権威と闘っているのだ。最初の壁が親であり、次が学校である。

今にして思う。反抗できて良かった。それが一つ一つ私の力となり、私を形作ってくれた。反抗できる対象もあり、それを乗り越えることが力になった。

それを（子どもの）成長と呼ぶのだと思う。

今の子どもには反抗期がないというのが、私には恐ろしい。みんな賢くてわけ知りになって反抗するものがなく、小さな大人ばかりが目立ってしまう。

それは親に責任が大いにあって、反抗もせずべたべた甘えてくる息子を可愛がり、手元から離さない。子どももそれをいいことに家に居座って独立しない「ママっ子男子」になっていく。むしろ今の時代、女の子のほうが早く家を出たくて、進学、就職など機会を見つけて、外に出ていく。

血のつながりより心のつながり

家族が善とされ、家族ほど美しいものはないという幻想だけが独り歩きし、個としてのお互いを知ろうともせず、役割だけで成り立っていく。

それが一旦、破綻すると、信じていただけに手がつけられなくなって、極端な例は殺人にまで走ってしまうことは、ますます増加しつつある家族間の犯罪を見ればよくわかる。

子どもは親の私物ではない。同様に親もまた子どもの私物ではない。その考え方をどこかで持つべきだろう。それがいわゆる親離れ子離れだろう。

たとえ自分が産んだ子だとしても、生まれてしばらくの間は、産んだからには、最低限の躾をして時期がきたら社会にお渡しすべきだと私は考える。

子どもは、社会からの預かり物として一時期共に暮らし愛情をそそぎ、楽しい、あるいは苦しい時間を共有し、そして時期がきたら社会にお返しする。根本に持っていなくてはならないのは、その考え方だと思う。

血がつながっていようといまいと、それぞれが縁のある命を育て社会に返す。

そう考えるとすっきりする。

肉親という逃れることのできない足かせからも自由になれる。

大人になったら一人一人がある距離を保って、お互いを認め合いたい。

自分の子という視点はあっても、社会の子という視点が欠けているのではないか。血がつながろうとつながらなかろうとも「万引き家族」（注）をはじめさまざまな映画やドラマが投げかけるように、心のつながりこそ大切なのだ。心のつながりが一番ありそうで気付いていないのが血のつながった者同士。個としての人間の前に家族、親子という役柄になってしまうことの恐ろしさ。そして人生の最後、介護の時を迎える、その時が一番ゆっくりと向き合える時。介護を否定的に捉えないためにも、役割である前に一人の個人として親子のトリセツを考えてみたい。

野性を失わない地域猫「サンちゃん」

私の住んでいるマンションの隣に小公園がある。夕暮れ時、言い合わせたように二、三人の女性が顔を合わせる藤棚の下には、一匹の猫。白黒の毛並みの美しいサンちゃんだ。私も時々三人のうちの一人になる。みな手にサンちゃん用の食べ物を持っている。サンちゃん（彼）は、どれから食べようかと迷っている。彼を愛してくれる誰をも落胆させないために気を遣っているのだ。

サンちゃんはいわゆる地域猫である。マンション近くの皆の猫だ。実に賢くて、夕食の残りは必ず近くにくる鴉《からす》のためにとっておく。すると鴉は上空から見張っていて、サンちゃんがいじめられそうになると敵をやっつけてくれる。

小公園の前の道路は車の往来が結構ある。その道を渡る時は、右を見て左を見て、もう一度右を見て安全を確かめて渡る。

タクシーの運転手さんが感心していた。

「あんな猫見たことない！」

いつからいるのか、まだ小さい頃、隣のマンションの外国人が去勢してくれたらしい。何人も家に連れ帰ろうとしたが、本人が外を選んだ。私も一度入り口までついてきた夜中にしばらく入り口の戸をあけて待ってみたが座り込んだまま動かないので、彼の意志を尊んだ。彼は自由が欲しかったのだ。どこか一カ所に管理されるのを拒む。その気持ちはよくわかった。猫は野性を失わない生き物だ。そこが美しい。鑑賞に堪えるもっとも身近な動物。そのくせ通称サンちゃんの母と呼ばれている未亡人の夜の散歩には毎晩つきそって入り口まで送る。自分の寝場所など絶対に教えない。この公園のベンチにホームレスのおじさんが住みついた時、ずっと相手をして一緒に月を見ていた。

セーラー服の中学生の少女が毎日帰り道に寄ってサンちゃんに学校であったこと、特に辛かったことなど話しかけて、すっきりした顔になって家に戻っていく。母に心配させないために。サラリーマンが家に戻る前に、行きつけの飲み屋でうさ晴らしをしてから家に戻っていくみたいだ。

気位高い猫「ロミ」との思い出

我が家のマンションはペットOKで、大型犬と暮らす人も、数匹の猫がいる家もあるが、ある時、転居してきた人が地域猫と知らずサンちゃんに水をかけた。野良だと思ったのか猫が嫌いなのか。管理センターに文句を言った。そこで私は、自治会に手紙を書いて彼がどんなに私たちの心を慰めてくれているか、子どもも高齢者も逆に彼から教わっていることなどを知らせて、事なきを得た。

「ペット」とか「飼う」とかいう言い方が私は好きではない。人間の上から目線の言葉だからだ。同じ自然界の生き物、同等でお互いに与え合うものがあって成り立っている。家族という人もいるが家族よりもある意味ではずっと近しいもの。人間同士は、だましたり嘘《うそ》をつくこともあるが、彼らは一途《いちず》な愛情の対象である。特に犬は、忠犬ハチ公を例に出すまでもなく人間のよき伴侶であり、忠実に仕え、言うことを守り、あまりに健気《けなげ》で胸が痛む。その態度を見ているとどうやってお返ししていいのかわからず、一見自分勝手で気が向かねば近くにも来ず、呼んでもわざと気付かぬふりで遠まわりする猫のほうが気が楽だ。

犬は、主人対下僕といった風情だが、猫は向こうがご主人様で、私のほうがお仕えしている関係だ。そこがいい。

私の家にも、ずっと猫がいた。たいてい一匹だったが、みな迷い込んできたり、入り口で待ち伏せしたり、ボーイフレンドがプレゼントしてくれた血統書つきシャム猫のヤムヤムを除いて偶然の出会いがあった。

中でも、声優の故・白石冬美さんが「エンピツのような小さなアビシニアンの男の子がいるんだけど」と新幹線で膝に乗せて静岡から連れてきたロミオは忘れられない。掌《てのひら》に乗る小ささで耳だけ大きなみにくいあひるの子。スポイトで牛乳を飲ませ成長するにつれ気品高く私たち以外全く馴れない、エジプトのファラオに愛されたアビシニアンの血を存分に発揮した。

七歳のある日、知らない画家からの電話で「どうしても描きたい」と言ってきた。私が抱いている写真を雑誌で見たという。

その目力の強さ。媚《こ》びることのない誇り高さ、モデルの猫を探していた一陽会の画家の目にかなったのだという。彼は西銀座にある日動画廊が建て替える間、敷地全体を覆う大きな猫の絵を依頼されていた。エアブラッシュ技法で描かれる猫の横顔は、雪原をバックに鋭い目で道ゆく人を眺め、話題になり新聞にも取り上げられた。画家はやっと出会った私のロミオの写真を何枚も撮っては、自宅のアトリエで渾身《こんしん》の力を込めて描き続けた。

ロミ（通称ロミと呼んでいた）は人見知りが激しく最初はいやがっていたが、

私がなだめて、私たちも絵の完成を楽しみにしていた。

それを待たずに猫は死んだ。秋の終わり帰宅したつれあいがロミは？　と聞くので、私は原稿から目を上げ二人で探した。いつも隠れる場所は決まっていたが、いない。ヴェランダに出るガラス戸は開けていた。細い脚で上手にバランスをとるので安心していたのだが。

「ちょっと見てくる」と下に行ってしばらくしてつれあいが猫を抱いてきた。私の家は三階だがその下が駐車場で事実上四階なのだが、一台の車の下にうずくまっていたという。

万一の事があっても三階ならケガ位ですむだろうと思っていた。猫は俊敏でとりわけ細身で縞《しま》のまじったアビシニアンは、我が物顔に、ヴェランダの柵の外を歩いていた。ちょうど折あしくそこへ一台の車が通り、ライトで目がくらんで落ちたのだろう。猫はライトに弱い。

しかし見た目は口元に少し出血があるだけで「ロミ！」と呼ぶと長い尻尾をいつものようにパタンパタンと振った。

友人の手配で深夜にもかかわらず医者が来てくれるまで、私は死ぬとは思わなかった。玄関のチャイムが鳴る寸前、私の腕の中で大きく一つ溜め息をして、それが最後だった。

西銀座に「視線——ロミオ」と題した猫の絵が飾られた時、もうロミはいなかった。画家は「自分が命を吸いとってしまったのでは」と悔やんだ。

動物がのどかに暮らせる社会に

ペット・ロス、その衝撃は大きかった。私は物も言わず食欲もなく「まるで影みたい」と友人たちから言われた。

ほんとうに、ロミの落ちたヴェランダから私も身を投じようと何度思ったことか。大失恋をした時も相手が人間の場合は考えもしなかったのに。ロミの純粋な目は、いつも私をまっすぐに見ていた。私もロミの目をしっかり見返していた。

かけがえのない対象だった。私がそれほど愛したものが他にあったろうか。父母の愛も、友人や恋人の愛も私は受けることに懸命で、私から同様に愛しはしなかった。ロミへの愛と比べれば。

心配した母が、実家から泊まりに来て私を見張っていた。それほど傷心していたのだ。

なぜ共に暮らす彼らを愛するのだろうか。マンションの中央にあるカフェにはいつも犬連れの客がいて、二組出会えば話は弾む。夕方ともなれば犬の品評会よろしく右からも左からも様々な犬がくる。私はたまにロミの次に玄関の落ち葉溜りに潜んでいた猫、サガンに首輪をつけて散歩につれていったが、猫にはひも付きは似合わない。かといってどこかへ行かれても困る。

犬と猫どちらもいいが、犬好きの人は、自分の犬が一番だと思っているのに比べて、猫好きは、どの猫でも可愛がる。その人の考え方がわかっておもしろい。私も猫と出会えばどこでもあいさつするし向こうも足を止める。

それにしてもこのところの猫ブームはどうしたことだろう。猫はブームに似合わない。犬のように何かに従うことを良しとせず自分勝手だ。世の中が窮屈になり管理がきつくなればなるほど、無意識に自由を求め、勝手な猫に惹かれるのだろうか。猫と暮らせない人のために猫カフェなるものがあるが、猫ぐらいサービス精神に欠ける動物はいないので、無理矢理撫《な》でられているのを見るとかわいそうになる。

なぜ人はペット（仮にそう呼ぶ）に夢中になるのか。友人は自分の猫のことを癒やしのアイドルと呼んだ。現代人は多分愛情に飢えているのだ。うわべではないほんとうの愛情に。愛されることばかり考えて受け身になり愛し方を忘れているのではなかろうか。家族間のDVなど当たり前になっているし、さもなければ親からの愛情過多にしばられ苦しんでいる。拙著『家族という病』(幻冬舎新書)にも書いたが、家族という中で役割を果たすことに懸命で、父、母、子どもという役柄の中で自分はほんとうはこう生きたいという思いがあるのにしばられて、ストレスが溜まり暴力沙汰や家族間の殺人など、戦後犯罪が減っている中で、ひたすら増え続けている。

そんな中での救いは、一緒に暮らすペットなのだ。子どもより言うことを聞き、上手に甘えてくれて可愛い。夫婦間でも嫌悪な時はペットに逃げると正面衝突が避けられる。「ねえロミ!」と、ロミにふっただけで笑顔が取り戻せる。ギスギスした人間関係の中の緩衝地帯、私たちはそこへ逃げ込むことでかろうじて心の平穏を保っているのかもしれない。

犬にしろ猫にしろ、他の動物にしろ、共に暮らすものがいることで、私たちは彼らからの無償の愛を知り、私たち自身から、自発的に愛することを教えられる。

決してブリーダーから血統書付きのものを買うことはない。「吾輩は猫である。名前はまだ無い」。猫が道を横切る仕合《しあ》わせ、漱石先生にあやかって偶然の出会いを大事にしよう。毎日殺処分される動物たちをなんとか救いたい。動物たちがのどかに暮らせる社会こそ人間にとっても暮らしやすいはずだ。

この原稿を書いている軽井沢では銀座通りを立派な貸し犬を連れて歩くファッションがあると聞くが、動物にとってなんと迷惑なことか。そこまで見栄を張るのは動物を愛することの真逆にある。

病弱だった私は動物が子どもの頃から好きで、学生時代、街角の熱帯魚屋で目の合った三〇センチほどのワニの子を庭の池に連れて帰りたいと思い、毎日通った。爬虫類《はちゅう》の目は薄く膜をかぶって眠り人形のようでどうしても欲しかった。成長して一メートルになると聞き、泣く泣く諦めたが。今も彼と見つめあった日々を生き生きと思い出す。屋台のシマリスを買って育てたことも、何匹ものインコがいたこともある。今もカワウソに憧れてコツメカワウソと暮らしたいのだが、日本カワウソは絶滅し、彼らも絶滅危惧種、自然の中でののびのびと暮らす手伝いをするのが大事なのだと自分に言い聞かせている。

一緒に暮らすには責任がある。人間にとって都合のいい方法でなく、生き物全てのものがそれらしく暮らすのを手伝って鑑賞したい。自分の年齢を考えて、「最後まで面倒を見られないなら」と愛情をそそぐものと暮らしたい欲望を抑えている。

注　「万引き家族」　是枝裕和が監督した映画作品。二〇一八年に第七一回カンヌ国際映画祭でパルムドールを受賞。第四二回日本アカデミー賞では最優秀作品賞を含む八部門で最優秀賞を受賞。

第四章

人生「散りぎわ」がおもしろい

老後二〇〇〇万円問題を動かす一票の力

この虚《むな》しさはなんだろう。二〇一九年七月五日。参院選が公示され、各党首がマスコミに登場して議論を交わし、選挙カーが走り回っているというのに。なぜか？　世論調査では、投票率は減ると予想され、積極的な支持政党もなく、他に入れるところがないという理由で今までどおりに投票……。いつまでこんなことをやっているのだろう。民意をきちんと表明する大切な唯一の機会なのに。

しかし、国民が疑問に思う〝モリ・カケ問題〟をはじめ、明確な説明はなく、当事者は誰も責任を取らない。誰も辞めない。なんとか引き延ばしてなあなあで終わってしまう。

子どもの貧困、若者、老人たちの格差は広まるばかり。頼みの綱の年金はまるで当てにならない。庶民がタンス預金や、まるで利子のない銀行等の預貯金に走るのも当然かもしれない。そこへもってきて、金融庁の金融審議会の報告書で明らかになった「老後の生活に夫婦で約二〇〇〇万円が必要」としたいわゆる二〇〇〇万円問題。それを諮問したはずの大臣が報告書を受け取らないという。

二〇〇〇万円という数字の出所への細かな説明で納得することができなければ、徹底的に討論するために予算委員会を開くべきだ。しかし、それも開かれず、会期延長もせずに、参院選に突入した。

うやむやにしてやり過ごす与党、しっかり追及することもできない野党。この政治状況をどう受けとめればいいのか。

選挙には必ず行く

歪《ひず》みや驕《おご》りがあちこちに露呈しているのに、「見ざる聞かざる言わざる」は、どんな結果を生むか。それは有権者の我々に戻ってくることを実感し、想像力を逞《たくま》しくしなければならない。

想像力とは何か。自分の身に起こるであろう将来をイメージする力だ。たとえば、私はこう思う。数にモノを言わせた政権の傲慢さはさらに増し、霞が関の忖度《そんたく》が止まらない。大企業や株主ばかりが納得する経済政策がさらに進み、庶民の暮らしはますます苦しくなる。反対の声を上げても一笑に付され、無力感にさいなまれるような社会が到来する。

そのような中、香港の二〇〇万人ともいわれるデモ行進、自分たちの権利を守るために立ち上がる姿に驚き、そして感動する。彼らには、自分たちの将来をイメージする想像力がある。だから行動に移すのだ。

パリでは土曜ごとに今も人々の集まる場があり、デモという手段で意志を表す。

一方、日本では、人々は管理の名の下にますます窮屈な思いをしている。怒りを忘れ、人目を気にし、小さくなっていくのではなく、のびのびと個人としての思いを発揮したい。元号が変わるごとに「民主主義」という言葉も古びていってはいないだろうか。もう一度その言葉に輝きを取り戻し、いきいきと暮らすことはできないのか。

それには虚しいなどとは言っていられない。民意を取り戻すだけでは駄目だ。それを自分にできる手段で表現すること。その国の政治は、国民のありようを示している。私たち一人一人の問題なのだ。

私は、若い頃のある時期を除いては、必ず選挙に行くし、不在者投票もする。それは義務でもあり、責任でもある。虚しさを感じながらも、自分を奮い立たせて、必ず選挙には行く。まるで仕事にでも出かけるように。

着いた時が着いた時

日本人の時間の感覚に気付かされたのは、砂漠を目前にした時だった。

一九七七年の半年間、私はエジプトのカイロで暮らした。つれあいがテレビ局の中東特派員になり、ベイルートからカイロに支局を移したからだ。以前から価値観の全く違う場所で暮らしてみたかった。そこで半年間支局に置いてもらうことにしたのだ。

妻の権利としてはタダで暮らせるが、私の場合、日本で仕事があるため遠慮していただけだった。ベイルートと違ってカイロは西洋の薫りが強く入り込んではいない。

ナイルの支流に面した八階建てのアパートメント。朝、窓をあけると上流からゆるゆると帆船が下ってくる。羊たちがつながれている。水ガメが重ねられている。ガラベーヤ（足元まである民族衣裳）を着た男が一人。さまざまなものが川の流れに身を任せていた。

モスクから流れるもの憂いしらべは、一日に五回、お祈りにくることを誘う言葉……。

夕暮れになると私たちはよく車で三〇分ほどのギザのピラミッドへ出かけた。円すい形の巨大な大、中、小、三つの王の墓が砂漠に影を落とす時刻、カイロっ子たちは、ピラミッドの石積みに腰かけて夕涼みをする。真似をして下段の石によじのぼると、目の前を一人の旅人が行く。あごひげの白さからすると老人に見えるが、気候の厳しいカイロでは二〇代でも白髪が目立つのだ。

その老人はロバに乗っている。布にくるんだ荷物が体にくくりつけられている。

日の落ちた涼しい夜に旅をしようというのだろう。それにしても、サハラ砂漠に続く砂原をいつどこへ着こうというのか。途中にはファイユームオアシスなど湖のある田園地帯もあるとはいうものの、私たちの常識で言うならば、目的地までの距離を考えて逆算して出発するはずだ。

その時ふと気付いた。老人は何日の何時に着こうかなどと考えてはいない。着いた時が着いた時、逆算して今出発したのではないのだと。

彼らの持っている時間は根本的に私たちのそれとは違う。今から未来へ向かって横たわるのが時間なのだ。だから逆算など必要がない。時間とは本来そうしたものではなかったか。

人生「散りぎわ」がおもしろい

いつの間にか文明国とやら呼ばれる日本を含む国々の時間は、最初に目的ありきになってしまった。目的地に着くために、まずその時間を定めそこから逆算して出発する、物事を決めていく。

毎日の生活や、仕事が何時に始まるから逆算して電車に乗る時間を決め、そのために朝は何時に起き、食事をし準備をし、そのために前の晩何時に寝る。全て逆算で成り立ってはいないだろうか。

一生もそうだ。勤めている会社の定年がいくつだから、そこから逆算して家を建て、そのためにいつ結婚して子どもを作るか、すべて逆算の中に仕組まれている。

そうやって人生を予《あらかじ》め区切ってその中で人生設計をする。それがほんとうの時間だろうか。そのことを砂漠の老人の姿は私に突きつけたのだ。

私たちは常に枠を作ってその中で生きることで安心している。学校を出て就職をし、結婚し、家庭を作り子どもを産み、そして定年。そこまでもし順調に運ばれたとして、その後の人生は組み込まれてはいない。ほんとうの自分の時間の始まり「定年後」は、これからなのに。

お情けで定年は延長したとしても月給は減り、人生も黄昏《たそがれ》に近いことをいやでも知らされる。

私たちがいやおうなく組み込まれている逆算人生、自由業ならまだしも組織人ならばどこかで頭の隅をかすめて過ぎる年齢の恐怖。

今から未来への時間に生きるエジプトの人々は、常に目的を作りそこから逆算しなければ不安で生きられない私たちより、ある意味豊かだといえるだろう。

時間を区切らねばいられない私たちには、焦りとどこか他人の人生を生きているかのような無責任さがある。

「インシャアッラー」（神の御意《ぎょい》のままに）。着いた時が着いた時。砂漠にはさまざまな障害がある。砂嵐をはじめとする天候の不順、他の部族など見知らぬ他人からの攻撃など、何が起きるかはわからない。

出発した時が出発した時、着いた時が着いた時という時間の本質を捉えて生きてきたからこそ、あの巨大なピラミッドやスフィンクスをはじめとする大遺跡が完成した。一度、日本テレビが小さなピラミッドをギザの三大ピラミッドの隣に作ったことがあった。近代兵器を総動員して目的を達成しようとしたが計画どおりとはいかなかった。

できた時ができた時と今から未来に向かっていたからこそ、途方もないあのエジプト古代文明が生まれた。それに比べて近代文明のなんと脆《もろ》く、はかないものよ。

自分の生きる道さえ今から未来へと描けず、定年をまず決めてそこから人生設計をする哀しさ、定年後の人生設計はその哀しさを十分に踏まえた上で始めるべきではないのか。

なぜ未来の人生を決めて、そこから逆算するのか。

多分、自信が持てないからだ。今から未来に向かって茫漠と続く時に耐えられないので、どこかで区切りをつけずにはいられない。

しかし、どこで区切ればいいのか。人生の終わりは見えてこない。人生の散りぎわはいつなのか。人それぞれであり、明日かもしれないし、一年後、一〇年後、誰にもわからない。

だからこそ、いつも散りぎわを意識して生きることが大事だ。散りぎわがいつ訪れてもいいように、今を、今日を懸命に生きるしかない。

その日がいつであれ、散りぎわは一番私らしくありたい。個性的でありたい。柩を覆う時が頂点なのだ。その時へ向けていつも心がけていなければならない。この世での終わりがもっともその人らしくあるためには、日々の歩みが大切だ。

さあ、いつでもおいで！　私にはその道が見えている。突然途切れようと、思いを残したままであろうと、それが私の人生なのだ。散りぎわに向かってどう生きるか、私自身が試されている。

私の最愛の猫がヴェランダから落ちて死んだ時、名前を呼ぶと私の腕の中で長い尻尾を必死に振って答えた。そして大きく溜め息をつき、それが最後だった。全ての思いを、生のすべてを吐き切ったかのような、長く深い溜め息だった。

私の散りぎわは、そのように胸いっぱいに吸い込んで愉しんだ生を吐ききった静けさと快さに満ちたものでありたいものである。

クラス会ではわからない男の「顔」

これからの自分の人生こそ、ほんとうの人生なのだ。今から未来に向けて羽ばたく自分の人生が始まる。そう捉えることはできないだろうか。これまでの区切られた逆算人生はそのための準備期間だった。自主的にプログラムを立てて進みたくても、他から与えられる仕事を片付けるだけで精一杯だった。

夢も希望もありながら諦めざるを得なかった。押し寄せる制約の中でじたばたしながら、世間の常識に縛られ、あと何年と指折り数えながら、定年になったらこれもやりたいあれもやりたいと頭の中ではふくらんでいたが、それも定年を目の前にすると、あとの人生どうやって食べるか、現実が押し寄せてくる。

頼りの年金もやがて七五歳からと遅くなる一方だし、将来は制度そのものが存在するかどうかもわからない。

不安で窮屈な日々、それでも今までは組織が守ってくれた。枠にはめられてはいたが、逆算人生による保障はあった。

定年後は個に戻る。自由だが、誰も面倒を見てくれない。自分の人生を自分で創っていかなければならない。

今から向こうへ、未来への時間を自分で耕していく。本来の時間を取り戻すのだ。

そう考えれば、定年も楽しい。いや、定年後こそ我が人生の始まりと胸を張ることができる。

それには今までの常識から自分を解き放つ必要がある。地位や肩書、名刺に書かれているもの一切を捨て去らなければならない。

サラリーマンの悲哀を描いた優れたＣＭがある。取引のある会社の上役と名刺交換したかどうか。偶然知己のあった部下に問いただすと、すでに交換していた。そこで上司が思わず吐き出す「早く言ってよ」というセリフ、何度聞いてもつい笑ってしまう。

名刺社会に生きてきたら、定年になったからといっておいそれとそれを捨て去ることができない。

パーティーなどで出会ったかつての上司が、名刺をくれる。

「まだ新しいのができていないので……」

その名刺にはテレビ局時代の局長の肩書がある。定年になってとうの昔に終わっているはずなのだが。

男の顔は履歴書というが、確かに定年までの仕事の履歴が顔に刻まれている。役職や職業（たとえば、教員、営業マン等々）に加えて、ゴマすりだったか、我が道を行くタイプか、生き方すら写しとられている。

だからクラス会などで会っても、まるで誰だかわからない。女はまだ自分の顔を残しているが、男には社会の刻印しか残されていない。

肩書などいらない。名前と住所と電話番号かメルアドがあれば十分なのだが、どうも淋《さび》しいらしく、ぎっしりとボランティアに至るまで書き込んである。

「今、何しているの?」

「植木屋だよ」

その彼は、テレビ局在任中、宮大工のゲストから木について教えられ、いつかと温めていた夢を定年から一年の修業の後に実現した。新聞社で論陣を張っていた友人は、新聞の販売所を始め、自ら配達もする。「歩くから健康になって一石二鳥だよ」。売り上げも伸びたそうだ。

定年までは世を忍ぶ仮の姿

第二の人生を生きる人たちはみな楽しげで、自信に満ちている。

「いいなぁ」。今から未来への時間に生き始めた彼らと乾杯。時に食事もした。

それに比べて過去の肩書に生きている人たちの哀れなことよ。彼らには決して自分の時間は訪れない。他人の枠の中で生きた逆算人生を追おうにも未来の目的がない。並べられるのは愚痴と不満ばかり。

植木屋や新聞配達をする彼らは、定年までの間にしっかり準備していたのだ。個に戻った定年後、自分の足でしっかり歩いていくために、もう一つの人生を持っていた。他から与えられた人生と、自分の生き方としての人生を。

そのための心構えと覚悟を少しずつ積み上げてきて定年後にそなえてきた。

それが花開いたのだ。

定年までは世を忍ぶ仮の姿、その人の本領が発揮できるのは定年後なのである。決してあわてる必要はない。結論を急ぐこともない。じっくりと自分にしかない自分の人生の時間を取り戻したい。遅くはない。私にしたところが、長い間物書き志望ながら最初に放送局に就職したので大きなまわり道を繰り返し、なんとか活字で生きられるようになったのは八〇近くになってからだ。やっとスタート地点に立って、これからが勝負。前に向かう時間しか見えない。

我が身を顧みて言えることは、決して自分への期待を諦めず、いつか必ず……と思っていると、組織の中にいても枠にはまらずにすむ。

枠にはまらない人を私は不良と呼んでいる。私は学生だった時から世間の枠の外にいたい、私らしくありたいと願ってきた。そのための抵抗も多かったが、まわりが自然に認めるようになり、私なりの個が磨けたと思っている。

『不良老年のすすめ』（集英社文庫）という本を書いたこともあり、定年後こそ枠外の人生、不良になれる時なのだと思う。

不良には、誰にも負けず私らしく生きるという矜持《きょうじ》がある。『不良という矜持』（自由国民社）である。

定年後こそ、その人の人生が試されるのだ。そのためには、前を向いて今を生きていかねばならない。

デイサービスで童謡やぬり絵などやらされる隙《ひま》があったら、スマホを学びたい。その人に必要な部分だけ切り取って、今の時代を生きていく必要がある。

異端こそが学問・芸術の発見を生み出す

日本の誇る世界的作曲家、武満徹さんは、戦時下、中学生で勤労奉仕に出かけた折、先輩から一枚のレコードを聴かされた。

シャンソンの名曲、「パルレ・モア・ダムール（聞かせてよ愛の言葉を）」。その美しいメロディーに感激して、音楽家になると決めたという。

流れてくるのは軍歌ばかりという中にあって、この世のものとも思われぬ憧れに満ちていた。

しかし、戦後になって音楽家への道は厳しかった。武満さんの家にはピアノもなかった。というより戦争で、物も人も失われ、焼け跡には、貧しいバラックが建ち、人々は食うに事欠く生活だった。

武満さんより少し下の年代だが、私たちの年代もピアノがある家など少なく、我が家にも最初はなかったし、同年代の女優、故・野際陽子さんも、自活できるようになって、まず買ったのがピアノ。弔問に訪れた居間の祭壇の前にグランドピアノがあった。

武満さんはピアノが買えなくて、紙で鍵盤を作り、練習したという。

そんな時代だったのである。それだからこそ、大人たちに絶望した中から、あの美しすぎる武満音楽が生まれたのだし、物はなくてもその中で必死に自分の生きていく道を模索した。

私は小学三年の時が敗戦だが、二、三年と二年間、奈良県の信貴山上の旅館の離れの疎開先で一間に隔離されていたが、隣の部屋に疎開させてあった、父の書籍類が先生だった——画家志望だった父の蒐《あつ》めた画集が情緒を養ってくれた。

読めなくても毎日一枚ずつめくった芥川龍之介、太宰治、宮澤賢治などの小説や詩、そして泰西の名画、それらが立派な教科書だった。

これでいいのか、同調主義

戦後、学校に戻ってからも、黒塗りの教科書と、昨日と全く違うことを言う先生たちにあきれながらも、むさぼるように眺めた父の蔵書のおかげで救われた。

それでなければ、八月一五日を境に豹変《ひょうへん》した大人たちへの落胆からどうなっていたか。武満さんもそうした大人たちを見て、新しい自分の価値を自分の中に作っていった。

学校教育への信頼など全く失われていた。おまけに我が家は、代々軍人の家なので、長男の父は画家を許されず、やむなく軍人になったにもかかわらず、幼年学校（中学）、陸軍士官学校と軍人のエリートコースを歩んだ父の考え方を到底受け入れることができず、父に反抗することが私たち兄妹の務めになり、ついに兄は東京の祖父母の許《もと》に、私は食事も親と一緒にしなくなっていった。

全ての価値が失われたのだ。それまで絶対とされていた天皇は象徴になった。無から有を生み出さねばならず、だからこそ私たちの年代、小学生後半から中学生位までは大人たちを懐疑的な目で見つめながら、目標とするもののないまま試行錯誤の中で自分の生きる道を見つけねばならなかった。そのエネルギーが我々の年代にはあり、民主主義という何やらわけのわからぬものの恩恵の中で、他人をあてにせず、個を作り上げてきた人が多い。

お手本はなかった。それが良かった。親も先生も自信を持って強制することがなく、子どもたちはある意味のびのびと自分らしく生きることができた。

学校側も男女共学をはじめ、さまざまな学制改革を迫られた。先日打ち合わせをしながら、男女共学の話をしたら、その事実を知らない人も増えていることに驚かされた。

当時大阪に住んでいて、私が中学に通う時はまだ施行後間もなく準備も整っていない中で、私立の女子校を受験させられ、高校は再び公立を受験、大阪府立大手前高校はかつての府立第一高女、男性側は受験校として名高い男子校の北野高校、この二校が合併してそれぞれ大手前と北野、男女半々に分けられたのだった。

廊下で男子生徒とすれ違うだけで頬を赤らめたのを憶えている。

制服もあったし、多少の規則はあったけれど、受験校なので、勉強さえしていればあとは自由だった。私は背広型のその制服がダサくて着る気になれず、自分でデザインしてセーラー型のものを着ていったら注意はされたが、上着のシングルをダブルに、スカートの襞《ひだ》を多めに変えて卒業まで通って、何も言われずに済んだ。

ビールで髪を金髪に染めていた少女は確信犯で、意志を通したが、そのために退学やら休学やらお仕置《しお》きを受けることもなかった。

その頃の先生は、異端の芽をつむことはなかった。むしろ他人とは違うところを大きく包み込み、役目柄、注意はしても排除はせず黙認してくれた。

今のように同調主義を強いることのなかったことを感謝している。

服装は自己表現。精一杯のその表現が他人と違うからといって排除されない中から、他にはない個が育ってくるのだ。排除されれば不良になるしかない。そのことを戦後まもなくの親や先生たちは知っていた。自らもまた試行錯誤と混乱の中から、自らの価値観を得ていたのだろう。

貧しいが自由があった。今のように同調を強いられる窮屈さはなかった。個性とは人と違うことを言う。人と同じものは個性ではない。漠然とだがそのことを知って天皇に統一された価値から私たちは脱しつつあった。それなのになぜ、いつからそれは変わってしまったのか。

学術会議問題で透ける窮屈な時代

それは敗戦時にしっかりした総括がされなかったことにある。大人たちは反省しているようで本当の意味の反省がなかった。

マスコミ自体もあれほど戦争讃美しておきながら、責任をとることがなかった。

朝日新聞にいた、むのたけじさんは、そんな新聞社を辞し、ふるさと秋田に帰って自分で週刊新聞『たいまつ』を作り続けた。

東京裁判も行われはしたし、多くの公職追放者も出たけれど、なんとなく一人一人の反省のないままに、日は過ぎ、アメリカの庇護《ひご》の下、朝鮮戦争を経て経済大国への道を歩み始める。

しかしそれは、自分たちで勝ち取った自由ではない。借りものだから当然強さがなく、教育もまたそれに追随した。ぬるま湯の中でさまざまな変革が行われたようにみえて、本質は何一つ変わらなかったのだ。

一人一人が反省するところから考える力は生まれる。敗戦という最大のチャンスがあったのに、正面からそれと向き合わなかったために、ほんとうの自由の意味、民主主義を取り逃がしてしまった気がしてならない。

そして結局は管理しやすい方向に向かって走り続け、今や家庭も学校も抜き差しならぬところまできてしまった。

みんなが同じ方向を向き、同調する教育からは何ものも生まれない。それがわかっていながら、管理するほうもされるほうも、そのほうが簡単だからそっちへ流されていく。まだ今なら間に合う。国によって教育が完全に管理される前に、気付いた人が声をあげよう。

二〇二〇年のことでいえば、日本学術会議の問題がある。会議側が選んだ中から六人だけが任命されなかった。ということは任命は内閣総理大臣がするのだが、未だかつて会議側が推薦した人が任命されなかったことは一度もないとされる。

なぜその六人が任命されなかったか。菅義偉首相は「総合的、俯瞰《ふかん》的に判断した」と説明するだけで、理由を明かさない。日本学術会議そのものに国が介入しようとしている。

一般には日本学術会議について知らない人も多いし、私もその選ばれ方などよくは知らなかった。しかしこれは日本学術会議だけの問題ではない。想像力を働かせれば、これは国からの学問、ひいては教育への関与だと言わざるを得ない。

国の方針と違う意見や異端は排除するということに他ならない。いよいよ窮屈な時代になってきたと思う。

私は最初にこのことを聞いた時に〝危ない〟と思った。だんだん物の言えない時代が近づいている。徐々に、徐々に。

今ならまだ間に合う。一つ一つ、私たち一人一人が自分の問題として想像力を羽ばたかせ、嫌なものは嫌、駄目なものは駄目と言っていきたい。それを言うために教育はあるのだ。

戦前回帰の過ちを犯さないためには

学問の世界でも芸術の世界でも、異端とされるものこそが新しい発見や文化を生んでいく。

かつての戦時下のように、右向け右の同調主義が何を生んでいくか。私たちは体験済みのはずだ。

振り返ってみても、学校法人森友学園問題では、教育勅語を教えるような学校の名誉校長に総理夫人（当時）がなっていた。数え上げれば、いくらでも戦前への回帰はある。

過去の過ちを繰り返さないためにも、私は憲法上の「個人の尊厳」の権利こそ、大切だと思うのだ。

私たちのような、少なくとも小・中学生の頃に戦争を知る世代も減ってきた。だからこそ、いつか来た道を歩まないための教育こそが必要だと思う。

私がかつてフランス語を習っていた男の先生がいつも言っていた。

「子育ては個育て」と。

生まれたばかりの子を最低限躾けて、その後は個が育つように、むしろ放任する。

フランスの場合は四、五歳までは家庭で責任を負い、その後は学校で個をのばす。

ある年代になったら、できる子はどんどん能力をのばせばいいし、そうでない子はどうすべきか、自分で考えさせて、自分で自分の道を見つける。

子育てとは、みんなと同じような子を育てるのではなく、みんなと違う子を育てること。

従って子どもに「みんなと同じようにしなさい。いじめられないために」などと言うのは、個をなくせと言っているようなものだ。

「子育ては個育て」。教育とは、個育てを手伝うためのものであってほしい。

対談　野田聖子×下重暁子

選択的夫婦別姓はなぜ進まないのか

二〇二〇年四月一日、一二〇年ぶりの改正民法が施行された。しかし、「選択的夫婦別姓」は見送られたままだ。多様性社会への転換は喫緊の課題。別姓推進の旗振り役を担う野田聖子元総務相に、「選択的夫婦別姓」推進論者の著者が聞いた。

野田「私は選択的夫婦別姓の大推進論者」

下重　二〇二〇年一月、通常国会で国民民主党の玉木雄一郎代表が代表質問で選択的夫婦別姓の話をした際、自民党の女性議員からヤジが飛んで話題になりました。

野田　同じ自民党議員として恥ずかしい気持ちでいっぱいです。

下重　野田さんはかねて選択的夫婦別姓を推進してきた、いわば先駆者。しっかりしていただかないと。

野田　はい。肝に銘じます。

下重　その野田さんが一九九六年一二月、選択的夫婦別姓の導入を訴えましたが、その理由はなんだったんでしょうか。

野田　多くの女性たちから自分の名前を大事にしたいとか、キャリアの途中で名字を変えると社会的損失があると聞いていました。幸いにもその年の二月、民法の見直しを進めてきた法制審議会が、選択的夫婦別姓を含む改正案をまとめたんです。その裏付けがあったので、私は一気に進められると思ったんですが、自民党の反対で法案の上程が見送られました。

下重　あの時、すぐに改正されるような雰囲気がありましたね。私もしばらくの辛抱だと思ってやむを得ず改姓しました。

野田　反対されてしまった理由を考えると、実は男ばかりの自民党にとって関心のない政策だったからです。

下重　やはり、「男社会」が原因だったんですね。

野田　なおかつ、男性議員で名字を変えた人で困った人はいない。得をしているから別姓の必要性を全く感じていない。

下重　え、そう？

野田　政治家の娘と結婚して婿養子で名字を変える。それによって義父の地元を譲り受け、知名度も手に入れる。

下重　いわゆる「地盤」「看板」「カバン」の〝三バン〟が、改姓と引き換えになっ

野田聖子《のだせいこ》

1960年福岡県生まれ。上智大学外国語学部卒業後、帝国ホテルに入社。1984年、祖父・野田卯一元建設相の養子となり、野田姓を継ぐ。1987年、岐阜県議に初当選。1993年、衆院議員に。郵政相、科学技術政策・食品安全担当相、総務相などを歴任。

ているわけですね。

野田 そうなんです。嫌な思いをしている男性議員がいないから、進まない。

下重 確かに、男はなかなか実感しない。うちのつれあいも私の不便さはわかっても、不快さはわからない。自分の名で呼ばれない不快さは男にはわからないんですね。

野田 確かにそのとおりです。

下重 だから、ホンネはこのままそっとしておきたい。私は「下重暁子」という存在がこの世にないことが不快です。通称ではまかり通っていても、戸籍上存在しない。死ぬまでに夫婦別姓にならなければ事実婚にして「下重」に戻します。私は生まれた時から「下重暁子」という人間だからです。それ以外の人間ではありません。

野田 同じことを私は、夫から毎日のように言われています。私は選択的夫婦別姓の大推進論者ですけど、現実は夫婦同姓です。夫が譲ってくれて姓を変えてくれたんですが、「自分じゃなくなった」と。選択的夫婦別姓の法律が通ったら元に戻すと明言しています。

下重「二、三年のうちに変えて」

下重 私は三六歳で結婚したんです。相手は三歳年下で、事実婚のままでよかった。ところが、相手が特派員で外国に行く仕事が多かったりすると、会社の総務の手続きが煩雑になるのでしょう。私もいちいち説明するのが面倒くさくなり、つい相手の名字にしてしまった。すぐに「しまった」と思いました。だから、本当に別姓法案を成立させてほしい。私は八三歳です。私が生きている二、三年のうちになんとかしてほしい。

野田 私の父は生前、「『家族』『家庭』の定義は憲法のどこにも載っていない。だから、家族とか家庭なんて守る義務はない」って話す人でした。

下重 強烈ですね。素晴らしい！

野田 変わっているでしょう（笑）。それを私は悪く受け取るのではなく、自分たちがこれを家族、家庭と思う、自分たちの主体性でいろいろな形があっていいんだと、自然と思えるようになってきた。だから、夫婦別姓も「こうあるべき」というものはありません。それぞれが自由で主体的に形を作れる制度の第一歩であればいい、と。

下重 野田さんが最初に夫婦別姓を言い出したワケがわかりました。確かに、夫婦別姓の延長線上に家族がある。家族って、血のつながりではない。心のつながりが大事です。戦前の日本では、養子は当たり前のようにありましたしね。下重の家も両養子です。父の弟も養子に行きました。

野田　私も養子に出ています。もっと言うと、私は母が未婚の時に生まれたため母の名字でしたが、両親が結婚して父の名字になった。その後、跡取りがいなかった祖父の養子となり、今は祖父の名字です。だから私自身は名字に対しての思い入れはない。でも、誰もが生きやすい、選択肢がある社会にしなければいけないと感じています。

下重　家族の話になりましたが、野田さんは『私は、産みたい』（新潮社）という本を書いていらっしゃる。

野田　理屈じゃなく、本能ですよね。

下重　それはそれで素晴らしいと思う。私は子どもの時から、自分の子どもはいらないと決めていたんです。兄と私は母親が違うんです。だから母は「暁子命」だった。自分の力で生きる才能を備えていたのに。そんな母の生き方が疑問でした。でも、もし私が子どもを産んだら母と同じになるかもしれないと思った。

野田 そうだったんですか。

下重 私が大学を出た頃は、女性が仕事を持つこと自体大変だったし、結婚はともかく、子どもを作るかどうかは〝大きな関所〟でした。そして、年を重ねて今日までできた。そんな経験から、私は自分の子どもは欲しくないけど、よその子どもは大好きです。たとえ自分が産んだ子どもでも、一方で社会の子どもです。成長したら社会にお返しするという考えが必要です。

野田 私は政治の世界に入った途端、「お前は男になれ」って言われました。「結婚するな」「おしゃれをするな」「恋をするな」って。

下重 おじさんになれ、と。ひどい話ですね。

野田 ところが四〇歳になると時代が変わって、「結婚しろ」「子育てしろ」って。

下重 極端よね。それにしても、五〇歳で子どもを作る一大決心。勇気がありましたね。

野田　年も年なんで、できない。なので、養子をもらおうと夫とともに乳児園に行きましたが、差別されたんです。おばあはダメ、共働きもダメって。そんな中、夫が米国の卵子提供の話を見つけてきたんです。

下重　大変な道のりだった。

野田　自分ではすごく不思議。下重さんと半分くらい共有できるのは、私の息子には自分のＤＮＡはない。産んだのは私ですけど、卵子は米国人だからです。いわば、半分他人。

下重　私たち二人が話しているだけで、多様な家族の形が見えてくる。なのに、夫婦別姓ができないだけで、こんなにストレスが溜まる社会はおかしいと思う。

野田「稲田さんもやっと気付いた」

野田 昨年、住民票やマイナンバーカードに旧姓併記ができる、いわゆるダブルネームが可能になりました。でも、実際は職場での旧姓使用や銀行口座の旧姓記載などは各事業者などの判断に委ねられているため、ストレスが女性たちの間で顕在化してきた。

下重 小手先の改正だから、余計にストレスが膨れ上がるんです。

野田 なかなか実現しないもう一つの理由は、自民党の一部の女性議員に反対があるから。〝男の政党〟だからそっちに寄ろうという気持ちでしょう。男性議員に逆らってまでやるのは損だという気持ちも透けて見えます。さらに、自民党を支えているといわれている極めて保守的な団体に気を使ってしまう。彼らは、女は家にいるべきだという人たちです。名字以前の問題です。

下重 全ては、選挙優先で物事を考えてしまうわけですね。

野田 しかし、チャンスはきているると思っています。力をつけてきた女性議員が変わってきているからです。特に、夫婦別姓反対の急先鋒《せんぽう》だった稲田朋美さんが一昨年、賛成を表明しました。やっと気が付いてくれたか、という気持ちです。

下重 実は総理になりたいっていうのでは、信用できません。

野田 いや、まさに総理になるというのは、そういう発想を持たないとダメだということです。

下重 でも、野田さんは別姓推進の元祖。稲田さんに先を越されてはいけないのでは？

野田 いや、そこにはこだわりません。世の中が変わればいい。

下重　そこが野田さんの素晴らしいところですが、歯がゆいところでもあります。稲田さんの話が出ましたが、もし日本初の女性首相が自民党から誕生するなら野田さんだと思っている人は多い。ところが、第二次安倍政権下で総務相になり、すごくショックでした。取り込まれてしまったのかと感じていました。

野田　安倍晋三さんと私は初当選が同期なんです。

下重　それは知っています。

野田　好きも嫌いもなく、一緒に自民党で育ってきた仲間。小池百合子さん（東京都知事）が新党を作り、順風満帆だった安倍政権がいきなりガクッと内閣支持率を落とした。そんな時、安倍首相から「友人として支えてくれないか」との電話があったんです。

下重　そうだったんですか。入閣要請があったんですね。

野田　安倍さんは「どんな大臣でもいい」という話だったので、私は「農水相がやりたい」と話しました。なんといっても「食」に直結する行政で、とても重要だと感じていたし、これからの日本にとって強い土台としての農業、楽しい農業を作りたいという思いがあったからです。ところが、安倍さんは「農水相は、若手の登竜門だからダメなんだ」と。完全におばさん扱いされちゃった（笑）。

下重 それも失礼な話。

野田 でも、私もめげずに「わかった。じゃあ、官房長官をやるわ」と言ったんです。

下重 官房長官はいい。

野田 ね、そうでしょう。まさに、女房役で（笑）。そうしたら安倍さんは「それも困る」と。なんでもいいって言ったじゃないと思いつつ、総務相になったわけです。

下重 そんな経緯があったとはね。

野田 私はこれまで大臣を四回やっていますが、全て支持率が落ちた時です。支持率がいい時は絶対大臣にしてくれない。だから、取り込まれていないんです。

下重 わかりました。

野田「私は戦っているんです」

野田 今は、総裁選に出る努力をコツコツすることだと思っています。二〇一五年の一回目はバカだと言われました。安倍さんの支持率が七〇%あるなか、「象とアリの戦い」「政治生命が終わるぞ」とまで言われたんです。ギリギリまで出馬を模索しましたが、推薦人が集まらなくて。

下重 一八人で足りなかったんですね。

野田 はい、規定の二〇人に届かず、出馬できませんでした。続く一八年の総裁選では、安倍さん側の人たちが石破茂元幹事長と一対一でやりたい、石破さんの息の根を止めるような選挙をやりたいということで、私が出るのは邪魔だったんです。それで徹底的に私が潰されました。

下重 政治の裏側は恐ろしいですね。

野田 私は戦っているんですよ。野党ではできない戦いをしているんです。

下重 国民の目線をもっと意識することも必要です。国民に直接訴えて、支援を広げてほしい。対安倍政権、対アベノミクスとかやっていただかないと。

野田 その点で言えば、安倍さんの特徴は場当たり的に見えます。特に女性活躍で女性は働きなさいって言うけど、同時に国は在宅介護を勧めるわけです。どうするのか、と。

下重 今、介護の多くは女性が担っていますからね。

野田 在宅介護の九割が妻、娘、嫁であるにもかかわらず、女性たち、外に出て働きなさいという矛盾。いずれ破綻します。〝安倍後〟の修正は大変だなという問題意識を持っています。また、私の政治信条は「寛容」です。これが今の日本に欠けつつある。

下重　日本が今、一番窮屈に感じます。生きづらい国にしないよう、ぜひとも頑張ってください。「寛容」が妥協にならないように。

野田　自分の正義だけを言ってもダメ。私は「寛容」を政治の中で形にしていければなと思っています。

（「サンデー毎日」二〇二〇年四月一二日号掲載）

下重暁子　しもじゅうあきこ

1959年早稲田大学教育学部国語国文学科卒業。NHKに入局後、アナウンサーとして活躍。1968年にフリーとなり文筆活動に入る。日本旅行作家協会会長。財団法人JKA（旧・日本自転車振興会）会長を務めた。『鋼の女 最後の瞽女・小林ハル』『家族という病』『極上の孤独』『明日死んでもいいための44のレッスン』など著書多数。

本書は「サンデー毎日」に掲載された下記の記事をもとに編集されました。

2019年7月21日号
参院選：作家・下重暁子が緊急寄稿「老後2000万円問題を動かす1票の力」

2019年11月10日号
失敗しないセカンドライフ：「逆算」せず「創造」を――
「ほんとう」の人生の始まり

2020年1月12日号
2020年新・健康読本：耳を澄ませば寝たきりの心配無用

2020年2月9日号
男と女のトリセツ：二人で暮らしてこそ試される「自立」
若い友人との〝恋〟は仕方ない

2020年3月8日号
親と子のトリセツ：「肉親」という足かせから自由になる
愛情を注ぎ、苦労を共有した子供を社会に返す

2020年5月17日号
コロナを生き抜く「お金」術：今こそ、「命」のためにお金を使うべき時
自分で食べていくと決めた小学生の私を裏切れない

2020年6月7日号
「快い」求めれば健康術見つかる　自分をもっと愛してやるチャンス

2020年7月12日号
大予測コロナ時代：欲望をほどほどにともに生きのびる
コロナ前に思いを馳せるだけでは滅びの道

2020年8月9日号
災難受け止める開き直った生き方こそ　居場所を持ってドンとそこに居座る

2020年9月6日号
命にかかわる決断を人任せにしない
「Go Toトラベル」は旅やお盆の帰省とは別物だ

2020年10月11日号
コロナ恐慌に備えるお金の知恵　心を豊かにするためにお金を使う術を持て

JASRAC 出2104646-101

校正
有賀喜久子
対談構成
山田厚俊
（「サンデー毎日」編集部）
撮影
中村琢磨・武市公孝
（毎日新聞出版写真部）

人生《じんせい》「散《ち》りぎわ」がおもしろい

印刷　2021年6月15日
発行　2021年6月30日

著　者　下重暁子《しもじゅうあきこ》
発行人　小島明日奈
発行所　毎日新聞出版
〒102-0074
東京都千代田区九段南1-6-17　千代田会館5階
営業本部　03-6265-6941
図書第二編集部　03-6265-6746
印刷・製本　中央精版印刷

ISBN978-4-620-32687-0